태어난 김에 수필 쓰기

태어난 김에 수필 쓰기

2023년 6월 20일 제 1판 인쇄 발행

지 은 이 ㅣ 임순자
펴 낸 이 ㅣ 박종래
펴 낸 곳 ㅣ 도서출판 명성서림

등록번호 ㅣ 301-2014-013
주   소 ㅣ 04552 서울시 중구 삼일대로8길 17 3~4층(충무로 2가)
대표전화 ㅣ 02)2277-2800
팩   스 ㅣ 02)2277-8945
이 메 일 ㅣ ms8944@chol.com

값 15,000원
ISBN 979-11-92945-40-8

태어난 김에 수필 쓰기

72세에 등단해서 82세에 책 내다

임순자 지음

도서출판 명성서림

여는 글

유년 시절 긴 겨울밤이면 우리 집엔 대화방이 열렸다. 하나뿐인 전등을 천장에 매달고 온 가족이 한방에 모였다.

아버지는 충효 얘기나 인의예지仁義禮智를 많이 강조하셨고, 어머니는 고전 소설을 외거나 낭독해 주셨다. 오빠들은 교과서에 나오는 현대문학이나 세계사, 신문물의 정보들을 소개했다.

수수께끼나 수학 문제 등 특별한 경계가 없었고, 시나 시조를 많이 읽고 외기도 했다. 그 아름다운 한 폭의 그림들을 잊어버린 듯 살아왔다.

일흔이 다된 나이에 복지관 문화센터에서 수필을 알게 됐다. 다시 인터넷을 뒤져 백화점 문화센터를 찾았다. 집 앞 정류장에서부터 두 시간도 더 걸려 서울시 중구 소공동 문화교실을 찾았을 때, 정목일 교수님의 강의를 회원들은 열심히 듣고 있었다. 다음엔 각자가 써온 작품을 한 사람씩 읽고 돌아가면서 아쉬운 면을 지적하거나 건의하는 합평 시간이었다.
두 번째 가는 날엔 나도 써갔다. 무얼 어떻게 써 갔는지 지금 생각하면 우스운 일이 아닐 수 없다. 그러나 괜찮았다. 모두 모르는 사람이니 용감해서 좋았다. 창피할 것도 없고 못 하면 안 나가면 될 것이니 손해 볼 것이 없다고 생각했다.

시간이 끝나면 회장님의 인솔하에 덕수궁 안을 거닐기도 하고, 찻집에서 차도 마시고, 어떤 날은 실버영화관에서 입장료 1000원을 내고 해묵은 영화도 보았다. 처음 가는 영화관은 쾨쾨했다. 청소년 때부터 신앙에 심취하여 영화나 소설, 심지어 드라마 시청도 금기하는 편이었다.

영화관 앞에서 나도 모르게 "난 영화관에 처음 와보는데" 했더니 옆에 섰던 회장님께서 "아니 일흔이 넘은 나이에 영화관이 처음이라니 어느 담벼락에서 나왔어? 이런 희귀종이 있나?" 하며 입을 다물지 못한다.

희귀종이 수필교실에 찾아온 것이다. 이런 사람이 수필을 쓸 수 있을까? 견문이나 감성이 얼마나 협소할까?

그러나 나는 정말 좋았다. 열심히 배우고 알아가는 재미가 딴 세상에 사는듯했다.

아무리 좋아도 늦은 나이에 시작된 일이니 마음은 급한데 몇 편을 채우지 못한다. 글 쓰는 실력도 모자라고 집안의 일들과 외국 출타 등 마음같이 써지지 않는다. 눈 깜짝할 사이 한 살이 많아지는 연령대이다 보니 잘 쓰고 싶었는데 더 잃어버리는 느낌이다. 속담처럼 "늦은 밥 먹고 새벽 장에 간다"는 격이다. 코로나 시대가 되면서 갇히고 구속된 기분에 머리는 해마다 더 굳고 둔해진다. 많이 배우고 깨닫고 착해지면 더 잘 써서 독자들과 공감하고 싶었는데 아무래도 안 된다.

제목을 "태어난 김에 수필 쓰기"라 하자니 나이에 비해 너무 젊은 것 같다. 아마도 글이 늙지 않고 생각이 현대적이기를 바람에서이지만 어디 글 따로 사람 따로 될 수 있을까? 교수님은 "수필은 곧 사람"이라 하셨는데 나를 아는 분들께 송구하고 부끄럽다.

글 선배이신 문우님들의 도움도 컸는데 그립고 보고 싶다. 특히 아들과 가족 모두의 응원으로 사람과 글이 부족해도 용기를 내본다.

부족한 사람이 이런 일을 갖는 건 순전히 신의 은총이다. 이 글을 조금이라도 읽어주시는 분에게 진심으로 감사를 올린다. 귀댁에 평화와 안녕과 하늘의 복이 풍성하길 기도드린다.

2023년 5월
임순자

글 차례

겨울 해바라기

겨울 해바라기

아침에 눈을 떴을 때, 유리창에 해가 비치면 내 마음도 밝아진다. 빗살무늬가 가운데 하얀 점에서 교차하여, 곱셈표를 그리며 힘 있게 뻗칠 때, 형언할 수 없는 감동을 느낀다. 야! 오늘도 살았구나, 또 한날이 주어졌다. 감사의 콧노래를 흥얼거리며 자리를 턴다.

> "빛은 실로 아름답다. 눈으로 해를 보는 것이 즐거운 일이다."(성경 전도서 11장 7절)

밤새 뒤척인 날이나 컴퓨터나 책을 보다가 늦게 잠든 날이면 눈꺼풀이 무겁다. 애들도 없고 특별히 할 일도 없는 겨울 아침 늦은 기상이지만, 밝은 해가 문을 두드린 날이면, 생의 소중함을 배로 느끼고 감사함은 한결 더 희열을 느낀다.

해만큼 이 땅에 유익한 것이 있을까? 사람들은 해가 뜨면 기상을 하고 지면 잠자리에 든다. 해의 시간에 맞춰 일과를 정하고 해를 의존하며 해의 시간만큼 산다.

생물은 해가 있어야 살아간다. 무생물이라 할지라도 그의 스침이나 돌봄이 필요하다. 식물은 햇볕을 받아 광합성을 하여, 자라고 열매 맺고 알뿌리가 든다. 그러면 동물과 사람은 그것을 먹고 산다.

해는 가장 큰 에너지원이고, 빛과 열이다. 색깔, 자양분, 살균 소독제이기도 하다. 해를 보면 깨끗하고 온화하고 명랑하고 밝고 따뜻하다. 일시와 사계가 일정하며, 만물을 아우르고 베풀고 치료하고 사랑한다.

해가 소중하고 햇볕이 많이 그리운 계절이다. 나는 추위를 몹시 탄다. 9월이면 내의를 입는다고 주위에서 놀림을 받는다. 그러나 추위도 산책은 해야 한다. 소화기와 순환계를 위해서 산책만 한 것이 없다.

현관을 열고 나서니, 햇볕이 거실로 환하게 밀고 들어온다. 소파에 앉았을 때 창문을 거쳐 들어오는 빛과는 비교가 안 되게 밝고 찬란하다. 너무도 좋아 한참을 문을 연 채로 햇빛을 받으며 서 있었다. 문을 닫기가 아까워서 그대로 활짝 열어놓고 밖으로 향했다.

대문을 열고 나서니 어제보다 추웠다. 너무 추워 동네나 한 바퀴 돌고 와야겠다고 대문 오른쪽 길로 걸었다. 바람이 생각보다 매섭다.

다시 돌아와서 대문을 지나 왼 방향으로 걷다가 동리 뒤편 들로 가는 길에 접어들었다. 찬바람이 휑한 게 안 되겠다 싶어 되돌아와서, 오늘은 산책의 효과를 놓치나보다 하고, 조금이라도 더 햇볕과 공기를 쐬고자, 바람이 스치고 지나갈 대문 편으로 붙어 서서, 한참을 햇볕을 향해 섰다가 들어왔다.

열어놓은 현관문으로 햇볕이 들어와, 거실 바닥을 진하게 비추고 있는 입구에 걸터앉아 햇볕에게 말했다.

넌 참 아름답다. 어쩌면 사람의 마음을 이렇게 밝게 하고 따뜻하게 하니? 이 한겨울에 너마저 없었다면 우린 누구를 바라보며 사니? 너를 보지 못하는 자의 손실은 이루 말할 수가 없겠구나. 가난한 자들에게도 네가 있어 고맙구나. 나도 너처럼 살 수 있으면 얼마나 좋을까? 너같이 기쁨과 밝음과 희망을 주는 내가 되었으면….

가능치도 않은 말을 해보며 한참을 햇살과 속살거렸다.

2001년 9월에, 남동생은 간경화로, 16시간이 소요되는 간이식 수술을 받았다. 유리벽으로 된 답답한 무균실에서 4일, 특별 격리실에서 한 달 치료를 받고 나올 때 "햇볕이 너무 좋다"고 몇 번을 감격하는 것을 봤다.

해를 본다는 것은 살아있다는 의미이다. 햇빛을 값으로 치면 얼마나 될까? 노랫말처럼 잴 수도 없고 셀 수도 없다.

문을 나설 때 이쪽으로 비스듬히 기울었던 사각형 햇볕 무늬가, 벌써 저쪽으로 기울고 있다.

한동안 비치다 지나가는 햇빛 같은 시간을 허송하지 말라고, 아버지께선 입춘 날 기둥에 '일촌광음불가경一寸光陰不可輕'이라고 써 붙이셨다. 이때쯤이면 해가 그리운 시기여서, 유독 입춘 날 부치는 글귀에는 햇빛이 들어가는 글이 많은가 보다. 건양다경建陽多慶, 입춘대길立春大吉….

'일촌광음불가경'이란 원래의 뜻 외에, 나는 또 하나의 의미를 더 두고 싶다. '일촌광음'이란 말을 '시간'이란 뜻 말고 '빛'에다 역점을 두는 것이다. '한순간 비추는 햇볕'이라도 아름답고 고귀하고 소중한 그 가치를 깨달았으면 하고.

장갑을 빼고 손에 햇볕을 쬔다. 손등과 바닥을 뒤집으며 두 손으로 햇볕을 받아본다.

작은오빠

회사에서는 비석을 보내왔다. "국가의 발전과 부흥을 위해 꽃다운 나이에 목숨을 바친 대한의 아들…"이라고 비문에 써서. 비석은 오빠와 나의 모교 중학교 교정에 세워졌다. 몇 년 후에는 가족묘지로 옮겼다.

작은오빠는 중학교 다닐 때 회장을 했다. 같은 학교에 다니는 나는 덕분에 여학생 언니들로부터 사랑을 많이 받았다. 그러나 집안 형편이 어려워 공납금이 항상 체납돼 있었다. 어느 날 선생님이 오빠를 불러 학교 울타리로 철조망을 쳐야 하는데, 기둥으로 쓸 나무를 해오라고 했다. 오빠는 방학 때 하루도 쉬지 않고 산에 가서 땀을 뻘뻘 흘리며 굵은 나무를 해 왔다. 그렇게 해서 오빠와 내 밀린 공납금을 갚기도 했다.

춘궁기가 심해서 방과 후면 여자아이들은 들판으로 나가서 쑥을 캤다. 자라기도 전에 죄다 캐어 더 캐올 것이 없었다. 작은오빠는 졸업을 하고 고등학교에 가지 못하고 쉬고 있을 때였다. 어머니가 사방 관리소에 근무하는 외사촌 오빠에게 부탁해서 공사장에서 심부름과 일을 하게 했다.

동리에선 남아나지 않는 쑥이 공사장 근처에 많이 있다며 봄방학 때 나를 데리고 갔다. 점심을 먹을 때 우린 어른들 뒤에서 쑥밥을 꺼내놓고 먹었다. 공사 직원 장張 서기 아저씨가 뒤를 돌아보더니 자기 도시락에서 하얀 쌀밥을 뚝 덜어서 새까만 쑥밥 위에 얹어주며 먹으라고 했다. 얼마나 무안하고 부끄러웠던지 그때의 얼굴 화끈거림을 평생 잊을 수가 없다.

작은오빠는 서울로 올라가 이종사촌 오빠 집에서 조카들 공부를 도와주며 무선고등학교를 졸업했다. 무선통신사 자격증을 취득했고, S대학 야간부에 입학했다.

방학을 맞아 집에 왔을 때, 진주여고에 다니는 내 동창 경자가, 가사실습 때 만들었다고 푸리아치마를 입고 와서 자랑을 했다. 오빠는 함양장에 가서 나팔꽃 무늬와 노란 이파리가 시원스런 천을 사와서, 펴놓고 큰 컴퍼스를 돌리듯 원을 그려 둥글게 잘랐다. 그리고 큰 원 한가운데 작은 원을 그려 동그랗게 잘라냈다. 큰 원의 가장자리는 치마 밑단이 되고 작은 원둘레가 내 허리둘레가 되었다. 재봉

틀에서 푸리아치마 두 벌을 만들어 나와 여동생에게 입혀줬다.

내가 교회서 받아온 구제품 노란 원피스를 재생해서 오빠의 남방을 만들어 멋있게 입고 다니기도 했다. 그때 마침 한명숙의 노래 "노란 샤쓰 입은 사나이"가 유행했다. 오빠는 그 노래가 자기를 보고 지은 것이라며 "내가 미남은 아니지만 씩씩하고 멋있잖아"라고 농담도 했다.

어머니는 평소에 오빠에게 어서 자라서 돈 벌어 식량 걱정 안 하게 해달라고 했었다. 항상 활발하고 자신감 넘쳐 보이던 오빠는 자신의 학비도 걱정이려니와 어머니의 그 말이 새삼 가슴에 박혔던지 공부를 쉬고 우선 돈을 벌기로 했다.

정부가 원양어업을 육성하며 남태평양에서 참치잡이사업을 장려하던 때였다. 오빠는 원양어선 무선통신사로 취직했고 떠나는 길을 보려고 어머니와 나는 상경했다. 짐을 쌀 때 속옷과 작은 성경책 하나를 사 넣으라고 했다. 비행기에 오르는 까만 정장의 걸출한 오빠는 층층대에 서서 크게 손을 흔들었다. 우리도 손을 흔들고 잘 다녀오라고 소리쳤다. 떠날 때 내게 말하기를 늦었지만, 공부하고 싶으면 계속하라고 했다.

3년 만기가 되어 귀국하려는데 회사에서 오빠에게 제안했다. 새로 입항한 어선에 통신사가 없다면서, 대우를 잘해줄 테니 새 통신사가 올 때까지 연장 근무를 부탁해왔다.

어느 날 초저녁 우체국 직원이 달려와 전보를 건넸다.

　　"○○○ 배에 화재가 나서 치료 중 사망"

유난히 생리사별生離死別이 많으신 어머니는 "왜 똑똑한 자식은 나가면 다 안 돌아 오냐"며 통곡을 하셨다. "그 자식이 미더워 내가 양식 걱정 안 하게 해달라고 재수 없는 말을 해서 아까운 자식 죽였다"고 가슴을 치고 또 쳤다.

작은오빠가 통신사로 일한 남해호. 당시 일부 언론에서 남양호로 보도됐으나 남해호가 정확한 명칭이다.

강원도 고성 최전방에서 군 복무도 무사히 마치고 왔는데, 6·25 한국전쟁 때 큰 오빠 둘을 잃고 애곡하던 어머니의 모습을 봤으면서… 어쩌자고 그 머나먼 곳에서. 내가 좋아하고 오빠도 좋아할 성품과 예모가 단아한 J 언니에게 소개하려 했는데, 좀 더 강하게 밀어붙여 빨리 나오게 할 걸.

안될 일이었다. 절대로 그의 희생을 허락할 수가 없었다. 허락도 않은 채 세월은 흘러갔다. 이렇게 속절없음이 너무도 울분했다. 그럴 수는 없는 일인데….

네 살 터울이어도 내겐 늘 어른 같았다. 큰 우산 같았고 항상 보호자였다. 항상 받기만 했고 갚은 적도, 인사 한번 한 적도 없다. 유품 패스포트 안에는 중학교 때 교복 입은 내 사진이 꽂혀있었고, 프랑스제 코티 분도 포장돼 있었다.

산이나 들녘을 지나다 오랜 비석을 보면, "비목"이란 노래가 나도 모르게 흘러나온다.

　　초연이 쓸고 간 깊은 계곡 양지 녘에
　　비바람 긴 세월로 이름 모를 비목이여.

소리 없이 눈물이 흐른다. 남태평양 피지섬 오빠의 묘비를 떠올린다.

일흔 살 매미

소리 중에서 '여름의 소리'라면, 매미 소리가 대표적이다. 태풍이나 소나기, 큰 물소리나 뇌성, 밤에 무논에서 울어대는 개구리 소리가 대단하지만, '여름의 소리'하면 나는 매미 소리가 제일 먼저 떠오른다.

해마다 여름이면 우리 집 살구나무에서는 매미들의 학교가 시작된다. 경쟁하듯이 노래 교실을 연다. 처음에는 독창으로 시작하여 합창이 되다가 나중에는 끝도 시작도 없는 돌림 노래가 되어 온 세상을 여름의 소리로 삼킨다.

마당에 있는 손바닥 채전茶田에서는 매미 허물을 자주 보았다. 올해는 장마가 끝났는데도 갈수록 비는 심하고. 이번 폭우로 국민 70명 이상이 생명을 잃었다고 하는데 굼벵이들도 떠내려가지 않았을까? 아직도 매미 소리가 안 들리고 허물도 안 보이니 죽은 것은 아닐까?

자리에서 뒤척이다 일어나 현관 커튼을 열고 눈을 비비는데, 베란다 앞 피망 지주 대 위에 붉은 연갈색 매미 허물이 보인다. 우엉 꽃대 위에 두 개가 더 있다. 등이 갈라지고 꽃대를 붙잡고 머리를 하늘로 향해 힘을 쓴 마지막 고통이 보이는 듯하다.

오늘은 하늘이 흐리고 이따금 가는 비가 지나더니 엷은 햇볕도 비스듬히 지나친다. 매미가 울기 시작한다. 여름학교가 시작된 것이다.

"매앰 맴 매앰 맴 매애-앰-매앰" 하고는, 높이 길게 뽑다가 원을 그리듯 둥글게 아래로 내려 한숨 쉬고 다시 또 그렇게 울어 대는 매미 소리는 어떤 이에겐 노래로 어떤 이에겐 울음으로 들린다.

매미의 일생을 알고부터는 그 소리가 사뭇 더 예사롭지가 않다. 소리가 우렁차다고 해야 할지 슬프다고 해야 할지 아니면 승리의 함성이라고 해야 할지, 일생이 너무 허무하다고 고별의 외침을 하는 것인지.

매미는 종류에 따라 5년, 7년, 13년, 17년을 땅속에서 굼벵이로 지낸다. 마지막 해에 매미로 우화羽化돼 6~9일 정도 살면서 이성을 불러 짝짓기를 하고 알을 낳는다. 알에서 나온 유충은 다시 부모와 같은 주기를 땅속에서 보내게 된다. 일생의 마지막 해 며칠 동안만 빛을 보며 날아다니면서, 나무에 붙어 자기의 난 바를 기념하듯 노래하다가 사라진다.

매미는 사실은 굼벵이다. 그러나 매미라는 이름이 더 좋지 않은가? 그가 살아온 시간으로 본다면 비교가 안 될 정도로 긴 시간을 굼벵이로 살았다. 장장 다섯 번을 우화하여 드디어 최종 목표에 이른 것이다.

먹이 사슬의 시작점으로 태어난 그 생명에게 세상은 모두 크고 월등하고 무서웠다. 아득히 먼 고지를 향하여 끊임없이 용기를 내었을 때 사면팔방의 천적들 가운데서 어떻게 살아왔을까? 그런데도 그 많은 말을 놔두고 차라리 감사의 노래로 일생을 마치는 매미가, 몇몇 작은 동물 중 나에게 스승이 되었다.

매미가 무슨 생각으로 어두운 땅속에서 그 긴 시간을 보냈을까?

'나의 마지막에 영광의 날이 있으니 그때를 위해 참고 기다리자'였을까, 아니면 '이 생명으로 태어났고 살아야 하니까 그냥 하루하루 살자'였을까? 아니면 '종족 보존을 위해 어떤 어려움도 참고 끝까지 의무에 충실해야 한다'였을까.

추측하건대 아무것도 모르고 그냥 하루하루 본능으로 살지 않았을까.

나의 일생도 마찬가지였다. 막연한 희망이야 있었겠지만, 그때그때 살아야 하니까 살았던 것 같다. 희망이라는 작은 빛 줄 하나 없는 캄캄한 터널 속이었다. 그런 중에도 내가 하는 일에 최선은 다 해야지 하며 살았다.

그러나 매미를 보라. 창조주의 섭리가 그 일생을 굼벵이로 끝내지 않고 매미의 날을 주지 않았는가? 창조주의 사랑이다. 그래서 매미는 비천한 몸으로 천적들과 싸우며, 끝까지 견딘 삶의 날들에 버금가는 환희와 영광을 담아, 작은 몸에서 그렇게 큰소리로 노래할 수 있는 것이 아닐까.

나도 그러고 싶다. 나의 여생이 지난 70년에 비해 얼마 안 될 것이나, 나는 마지막을 매미처럼 노래하며 살고 싶다. 내 온몸과 영혼을 담아 수필로서 노래하리라. 비록 무뎌졌을지라도 달아난 말들과 잃어버린 생각 중에서 하나하나 상처의 장을 감사의 밑줄로 지워가며 매미처럼 그렇게 노래하며 살고 싶다.

두 개의 빈 둥지

살구꽃 망울이 하나둘 나팔을 분다. 꽃이 피고 새소리가 나면, 내 눈은 베란다 유리창에 기댄, 산죽山竹 숲으로 간다.

혹시 떠난 새가 오지 않을까, 아직도 그 아픈 일을 잊지 못하고 있는 걸까, 붉은 갈색 보드라운 머리를 곱게 빗어 넘기고 눈이 오목한 그 앙증맞은 예쁜이, 붉은 머리 오목눈이(뱁새)가 기다려진다.

마음이 통하기라도 했을까, 새가 날아든다, 잘라 묶으면 깻단으로 한두 단 될 산죽이지만 밀집해 자라는 곳이다. 청포도 늙은 줄기와 보리수나무, 포도 지지대가 원뿔처럼 만나는 아래, 작은 김칫독 움막 같은 요새에 두 마리 새가 부지런히 둥지를 튼다. 나는 숨을 죽이고 반긴다.

"야호! 너 왔구나, 너지?"

3년 전이었다. 시골서 자랄 때도 겪어보지 못했던 신기하고 기쁜 일이 있었다. 베란다 문을 열고 오목눈이 집을 몰래 들여다보는 재미에 푹 빠졌다. 자랑하고 싶어 안달이 나도, 인기척에 새들이 날아가 버릴까 봐 꾹 참고 나 혼자 그 즐거움을 누렸다.

우리 집 마당에 자리잡은 오목눈이 둥지. 파란 알이 눈에 띈다

때마침 미국에서 큰딸이 외손자 남매를 데리고 왔다. 예쁜 손자들이 새들을 보면 얼마나 좋아할까를 생각하니 참을 수가 없었다. 아이들에게 '현장학습'이라는 명분을 세워 새들의 보금자리 존재를 누설하고 말았다. 하지만 염려가 되어 새끼가 다 자랄 때까지 들여다보지 말자고 새끼손가락을 걸고 약속을 했다.

어떤 당부와 다짐이 아이들의 호기심을 막을 수 있단 말인가. 벼르

기라도 했던지, 내가 없는 틈을 타 손자들이 둥지를 가만두지 않았다. 새끼는 죽고 어미 새는 날아갔다. 그일 이후, 오랫동안 달려있던 빈 둥지를 볼 때마다, 후회스럽고 죄스러운 마음으로 괴로웠다.

드디어 기다리던 새가 왔으니 가슴이 무척 설렌다. 이번엔 새끼를 잘 길러 날아가도록 해야지.

그런데 고양이가 눈치를 채고 새를 노린다. 작은 돌멩이를 주워 문 앞에 놓고 기척이 나면 무섭게 쫓았다. 새들이 둥지 위로 날아드니, 제아무리 날쌘 고양이라도 방법이 없다. 딴에 머리를 써서 뒤편으로 접근하려고 방충망 문을 벌리고 베란다로 들어왔으나, 산죽과는 유리문이 가로막고 있으니 베란다에 갇히는 신세가 되고 만다.

맞은편 담 밑의 산당화가 새 가족 입주를 환영하며 방긋방긋 축복했다. 진분홍 꽃잎이 떨어져서 나무 밑에 연지 통을 쏟은 듯 붉게 물들인 날, 둥지는 여섯 개의 새파란 알을 담고 있었다. 나는 감격스런 마음 한편, 뻐꾸기가 와서 알을 낳고 오목눈이알을 밀어내면 어떡하나 걱정이 되어 산죽 잎으로 잘 가려 두었다.

둥지 앞에 모란이 만개하여 신혼 방에 이불을 펴놓은 듯 화사한 날이었다. 붉고 푸른 조각들이 둥지 밑에 어지러이 널려있는 것이 눈에 띄었다. 새끼를 부화한 것이다.

껍질이 천적들의 눈에 띌까 봐 치워주려고 내려갔더니, 어미는 어느새 새끼 똥까지 흔적 없이 치웠다. 푸른 벌레를 물고 오다가 나를 보고 놀랐는지 '찌찌 찌'하며 날카롭게 소란을 떤다.

나는 얼른 숨으며 "새야, 너를 해코지 않을 테니, 걱정 말고 네 새끼 잘 키워라. 고양이가 오면 쫓을 거고, 다른 사람에겐 맹세코 말하지 않을게"라고 뇌이었다.

내가 살며시 들여다보면 새끼들은 감각이 없는지 처음에는 아무런 반응이 없었다. 조금 자라서는 제 어미인 줄 알고 노란 주둥이를 치켜들고 먹이를 달라더니, 차츰 눈치가 생겨 놀라며 숨으려 한다. 어제 아침엔 녀석들이 엎드려 꿈쩍 안 하므로, 이상해서 입김으로 살짝 불었더니, 갑자기 펄쩍 뛰며 파드닥 날아 윗가지로 올랐다.

'아이쿠, 많이 자랐구나.' 가슴이 뿌듯했다.

둥지 위로 쑥 올라온 놈들이 옹골지게도 자랐다. 어미 새는 부지런히 먹이를 물어 날랐다. 마치 먹성 좋은 팔 남매를 키우던 우리 어머니를 생각게 했다.

아침 일찍 "쪼르륵 쪼르륵 찌찌 찌" 마당이 시끄럽다. 고양이도 없는데 자기들끼리 이리저리 날다가 오이 지지대에 앉았다가 둥지 쪽으로 왔다갔다 파드닥거리며 시끄럽다.

붉은머리오목눈이

집을 비웠다 저녁 때 오면서 들여다봤더니, 이럴 수가, 한 마리도 없다. 이게 웬일이야! 베란다로 올라와서 유리문을 열고 다시 봐도 역시 한 마리도 없다. 그제야 아침에 그렇게 울어댄 것이 새끼를 끌어내기 위해서였구나 하고 깨닫는다.

짧은 나들이가 끝나면 새들이 돌아올 줄 믿었다. 창문을 열 때도 새가 놀랄까 봐 조심스레 열었다. 밤에도 새어나간 불빛에 잠을 깰까 봐, 둥지 가까이 전등은 켜지 않았다. 지금도 새들이 고이 둥지 안에 있는 것 같아 괜스레 조심스럽다.

'이놈들, 나쁜 놈들, 그렇게 훌쩍 가버리다니.'

잘 자라서 날아가길 바랐었지만, 마음이 몹시 허전하다. 이튿날도 가서 둥지를 열어봤다. 밑바닥까지 들여다봐도, 비좁은 둥지에서 부비며 자라느라 닳아진 둥지 안은 비어 있었다.

방으로 와서 정원을 보니, 만상이 갑자기 다 죽은 것 같고. 검불과 빈껍데기 같다. 마치 공연이 끝나고, 텅 빈 무대만 남은 공설운동 장 같았다.

지난해 미국으로 떠난 작은 딸네가 살던 방을 새삼스레 둘러본다. 새 둥지 같다. 아침에 새끼들을 불러내어 새로운 환경과 무리 속으로 떠나버린 새들처럼 딸은 손녀들 손을 잡고 떠났다. 밤이면 그 방에서 웃음소리가 들리는 것 같다.

베갯잇 이불 홑청을 빨아도 아기들 냄새가 났다. 빈 둥지다. 때가 되면 할머니가 보고 싶다며 떠났던 둥지를 찾아오겠지.

오목눈이 어린 새끼들이 낯선 곳에서 잘 적응하고 스스로 살아가 는 법을 익혀서 튼실하게 살다가 내년에 또 왔으면 좋겠다.

나는 오늘도 두 개의 빈 둥지를 바라본다.

오목눈이바보

내가 봄을 고대하는 것은, 오목눈이를 기다리기 때문이다. 봄을 기다림이 어찌 오목눈이 때문만 일까. 예전에 좋아하던 봄이 이젠 오는가 하면 가고, 금방 1년이 지나 나이만 한 살 얹어 놓고, 쏜살같이 달아나니 말이다.

내 눈은 오목눈이에게 밝다. 4월 어느 날 화초를 살피는데, 두 마리가 날아왔다. 한창 만발한 분홍 옥매화와 그 곁에 막 피기 시작한 산당화 나무를 오가며 내게 인사를 건넨다. "쯔르르르 쯔르르르… 할머니, 안녕하세요, 우리가 또 왔어요. 올해도 잘 부탁드려요" 하는 듯, 한시도 가만히 있지 못하고 꼬리를 좌우로 흔들며 움직이며 옮기면서 나와의 거리 1m 정도인데 날아가지도 않는다.

나는 "안녕! 이쁜이 또 왔구나, 반가워" 하며 놀랄까 봐 팔꿈치만 펴서 손을 흔들고, 조그맣게 박수를 치며 하트모양을 만들어 보이고, 손바닥을 펴서 좌우로 돌리며 반짝반짝 모양을 해보았다.

"넌 내가 어디가 좋으니? 지은 지 20년이 되어도, 수리 한 번 못한 우리 집이 좋은 거니, 정원과 손바닥 채전에 농약도 치지 않고, 자연을 좋아하는 내 체취가 네 마음에 들었니. 지난해 네가 떠난 후 다시 오기를 기다리며 둥지 틀 산죽 숲을 건드리지 않고 그대로 두었으니 또 지으려무나."

나도 네가 좋다. 넌, 8cm 가량 되는 꼬리를 빼면 작은 탱자만 한 몸에 목이 짧아 쏘옥 들어간 것이 몸 전체가 동그랗고 털이 보송보송하다. 붉은 갈색 머릿결은 아기 빗솔로 빗은 듯 곱고, 눈은 오목하고 깊은 곳에 까만 두 점처럼, 아득한 듯 순하게 반짝인다.

예년처럼 4월 말에 산란했다. 작년에는 파란 알이었는데 이번에는 하얀 알이라서 처음에 놀랐다. 나중에 오목눈이 알이 흰색도 있다는 걸 알게 되면서 아무래도 지난해 녀석이 아닌 듯하다.

하루 한 알씩 말일엔 다섯 알이 되었다. 지난해는 베란다에서 문을 열고 둥지 속을 내려다 볼 수 있었는데, 올해는 산죽 무더기 중앙이라서 마당으로 내려가서 화단으로 들어가 잡아당겨야 둥지 속을 볼 수 있다.

5월 첫째 날, 알을 품기 시작했다. 나는 궁금해서 날마다 둥지를 엿보려 했다. 그때마다 어미는, 짧고 굵은 부리를 굳게 다물고, 작고 동그란 눈으로 나를 쏘아보며 앉아 있다. 그 모습이 사뭇 엄숙하고도 거룩하다. 산 같이 든든하고 세계를 품은 듯 굳세 보인다.

손에 쥐면 한 손안에 쏙 들어 올 몸이지만 알들은 하늘처럼 믿고 의지하며 안겨 있다. 세상에 어미 품보다 넓고 따뜻하고 든든한 것이 있으랴, 방해꾼 나는 돌아서고 만다.

오늘 밤은 비가 온다. 신생아 둥지가 걱정이지만 둥지가 산죽 무더기 잎들 밑에 있고 살뜰한 어미가 있으니 안심한다.

새끼들이 좀 자랐는지 보고 싶은데, 어미가 둥지 위에서 몸을 틀어 측면을 내 정면으로 보이도록 가로막고 앉아 있다. 고개를 내밀던 나는 놀라서 내려온다. 갈수록 방어술이 대담하고 진보된 듯하다.

지금쯤 새끼들이 자라서, 주둥이를 치켜들고 둥지 위로 쑥 올라와야 할 시기인데, 어미가 없을 때도, 조신하게 앉아 있거나 고개를 수그리고 나오질 않는다.

혹시, 미숙아들? 발달장애? 그렇다면 이 일을 어쩌나? 장애아들이라면, 어미는 이 일을 어떡해야지? 하늘이 무너질 일이다. 새들은 장애아 새끼를 두면 어떻게 할까 생각에 생각이 꼬리를 물고 머리가 복잡하고 무거워진다.

그런데 2~3일 후 밖에서 돌아오니, 한 마리도 없이 날아가고 없다. 역시 이럴 수가, 완전히 속은 기분이다. 해가 갈수록 약아지고 새끼들에게도 철저히 주의하는 모양이다. 아마도 내가 그렇게 만든 것 같아 반성이 된다. 보고 싶어도 참았어야 했는데, 내년엔 오지 않으면 어쩌지.

또 다시 허전하다. 즐거움은 잠깐이고 다시 1년을 기다려야 한다. 사람의 일이 그렇듯이 잠깐의 즐거움을 위해, 긴긴 이별의 여운을 안고 참고 기다려야 한다. 한 달도 못 되는 기쁜 날을 보려고 근 1년을 기다리다니, 짧은 기간 꽉 차 있는 기쁨을 보다가 거의 1년을 빈 둥지만 보게 된다.

이 방울만한 녀석들이 떠나면서 또 내 마음을 빈집처럼 헤집어놓고 갔다. 수공예품 같은 둥지는 아직도 새것처럼 예쁜데, 한 번 더 알을 낳을 수는 없을까. 창밖은 또다시 바람 한 점 없고 죽은 듯이 고요하다. 철쭉도, 포도 덩굴도, 산죽들도 서로의 눈치를 보며 그동안 '즐거웠다' 하면서 쓸쓸한 웃음을 보낸다.

딸을 지나치게 사랑하는 아버지를 '딸바보'라고 한다. 아들밖에 모르는 어머니를 '아들바보'라 한다. 나는 못나게도 '오목눈이바보'인 것 같다.

泉峙山 쉼터

오월은 *페리도트보석 빛 같다. 사방이 황록색인 산을 오른다. 천점산泉峙山은 우리 마을 뒷산이며 광릉수목원 남단이다. 정상에 헬기장이 있는 등산로는 여러 갈래지만 평탄한 길을 택해서, 갈 수 있는데 까지만 가볼 심산이다. 자연은 치유력이 있어 벌써부터 기분이 상쾌하다.

집을 나선 지 40분, 빠른 걸음에 비해 두 배나 걸려, 산 중턱 쉼터에 도달했다. 갑자기 하늘이 뻥 뚫리고 햇볕 가운데 서게 된다.

황토와 모래가 섞인 흙이지만, 황토가 더 많이 모인 곳엔 붉은 물이 번진 듯하고, 산이 바스러진 듯 하얗고 깨끗한 땅도 있다. 2m 정도 통나무 절반을 켜서, 반반한 면을 위로하고 아래 양쪽에 기둥을 세워 디귿자형으로 의자를 배치해 놓았다.

쉬엄쉬엄 왔는데도 관자놀이로 땀이 흘러내린다. 나는 여기에 쉼터가 있다는 것을 알고 왔다. 그러기에 얼굴에 땀이 흘러도, 마음은 힘든 줄을 몰랐다. 인생 여정에도, 어디쯤 쉼터가 있다는 것을 안다면, 훨씬 힘들지 않을 텐데. 배낭을 의자에 벗어놓고 양팔을 펴서 숨쉬기운동을 한다. 공기의 맛이 참 좋다.

연녹색 보드라운 잎이 살랑대는 사이사이 맑은 햇살이 내려앉는다. 앉는 곳마다 색이 다르다. 땅에는 노란색, 잎엔 연두, 하늘은 파란색이다.

햇빛은 무색이란 말인가. 자기 정체성이 없단 말인가. 아니다, 모든 색을 가졌으면서도 만물이 자기 색깔을 반사하게 하고, 자신은 무색으로 나타나는 무아적인 사랑의 속성을 지녔다.

수국 가는 가지에 꽃 몇 덩어리 바람에 일렁이고, 동전만 한 배롱나무 여린 잎이 햇볕에 반짝인다. 후덕한 떡갈나무는, 넓은 잎을 지붕 위에 태양열 집 열기처럼 펼쳐놓고 앉아 있다.

조금 앞에 내 키만 한 어린 후박나무가 보인다. 합창단 지휘봉처럼 반듯하게 자란 줄기들은, 동양화 꽃꽂이의 진·선·미, 세 주지主枝처럼 균형지고 편안하다.

발밑에서 햇빛이 반사되어 내려다보니, 종횡 30cm, 20cm 정도의 유리처럼 반들거리는 검정 대리석에, 하얀 궁서체로 글씨가 새겨져 있다. "자연사랑"이라 쓰고, 한 줄 아래서부터 "땅의 소유가 누구이든 원래의 주인은 하늘이고 자연이다. 이곳에 금강송을 심어 자연으로 보내나니, 훼손하지 않으면 백 년은 더 살리라. (2006, 11) 삼탄三灘"이라고 씌어있다.

15년 전에 미국 동부와 서부 관광을 했다. 서부여행 가이드는 시애틀 도시에 대한 이야기를 들려주었다. 그때는 수필공부를 할 생각이 없었으므로 기록도 하지 않았다. 남은 것은 사진 몇 장뿐인데, 유독 시애틀에 관한 얘기가 마음에 남아있다.

1854년 3월 11일, 백인들이 원주민 인디언들이 살던 영토를 다 빼앗고, 마지막으로 남은 이곳을 자기들에게 팔라고 제의해 왔었다. 그때 부족의 추장 시애틀이 한 연설문이다.

> 우리가 땅을 팔지 않으면, 너희 백인들은 총을 들고 와 빼앗을 것이다. 하지만 우리가 하늘을 사고팔 수 없듯이 어떻게 이 대지를 사고팔 수 있단 말인가? 어떻게 대지의 온기를 사고판단 말인가? 신선한 공기와 재잘거리는 시냇물을 소유할 수 있단 말인가? 소유하지 않은 것들을 어떻게 팔 수 있단 말인가?
>
> 우리는 대지의 일부분이며 대지 또한 우리의 일부분이다.

들꽃은 우리의 누이이고 사슴, 말과 얼룩 독수리는 우리의 형제다. 바위투성이의 산꼭대기, 강의 물결과 초원의 꽃들의 수액, 조랑말과 인간의 체온, 이 모든 것은 하나이며 모두 한 가족이다.

시내와 강에 흐르는 반짝이는 물은 우리 조상들의 피다. 백인들은 어머니 대지와 그의 형제들을 사고 훔치며 파는 물건과 똑같이 다룬다. 그들의 끝없는 욕심은 대지를 다 먹어 치우는 것도 모자라 끝내 황량한 사막으로 만들고 말 것이다.

백인들도 양심이 있는 사람은 감동을 받아, 이 글을 액자에다 정중히 모셔두고 반성했으며, 미합중국 피어스 대통령도 감동되어 그 뜻을 기리기 위해, 도시 이름을 시애틀이라고 했다 한다.

아름다운 곳에 주로 쉼터가 있었다. 쉼터는 가다가 힘들 때 잠시 쉬어가는 곳이다. 나머지 길을 잘 갈 수 있도록, 심신이 재충전하는 곳이다.

쉼은 시간도 소유한다. 쉼의 시간을 갖도록 터를 제공하는 곳이 쉼터이다. 따로 장소가 없어도 시간이 있으면 쉴 수는 있다. 그러나 좋은 공기를 마시며 회복과 치유의 효율을 높이고, 질 좋은 쉼을 주는 곳이 좋은 쉼터이다.

산행이 일상적이지 않더라도, 마음의 짐이 무거울 때 이곳을 찾는 사람이 적지 않다. 육신의 짐과 마음의 짐을 이곳에 내려놓고 자신과 문제를 돌아보며, 많은 짐을 해결하고, 활력을 얻어 훨훨 내려가기도 한다. 쉼터는 영혼의 숨쉬기운동과 같은 곳이다.

싱그러운 나무 향 속에서, 수필집을 꺼내어 몇 편을 읽는다. 글 향이 나무 향과 어우러질 즈음 햇볕이 자리를 밀고 들어와 엉덩이를 자꾸 밀어낸다. 머리 위에 상수리를 쳐다보며 한마디 해본다.

"그래, 자연은 누구의 것도 아니지, 너의 것, 나의 것이고 자연의 것이지."

팔랑팔랑 잎사귀들이 박수를 보낸다. 숨 가쁘게 퍼 올리는 나무들의 펌프질 소리, 내 심장의 펌프질 소리도 들릴 것 같다. 연두빛 숨을 또 한 번 깊이 들이쉬고 나무들에게 손을 흔든다.

*페리도트 : 황록색의 투명한 보석

오목눈이를 노래하다

붉은 머리 오목눈이와 인연을 맺은 지 15년이 넘는다.

첫해는 부화한 새끼가 하나였고, 손자 녀석이 주무른 탓에 새끼가 죽었다. 경험이 없었는데 후에 안 일이지만 아마도 뻐꾸기의 탁란이 아니었나 싶다. 오목눈이는 보통 대여섯 알을 낳는데 그때는 새끼가 하나였기 때문이다. 3년 동안 새는 오지 않았고 봄만 되면 나는 그 작은 새를 기다렸다. 3년 후에 다시 왔을 때는 뛸 듯이 기뻤다.

그때 나의 사정은 암담하고 우울한 시기였다. 때맞춰 조그맣고 보드랍고 따스한 생명체가 해마다 나를 찾아오는 것이 소중했고 위로가 되었다. 오목눈이가 왔다고 지인에게 말하면 "축하해요, 금년에 귀댁에 좋은 일이 있으려나 봐요" 했다.

그 반가움과 사랑스러움을 글로 썼더니 수필 등단이 됐다. 해마다 새는 왔고 그때마다 새의 소식을 글로 썼었다.

그러다 변수가 생겼다. 2층에 세든 이들과 우리 집도 차가 있으니 주차공간이 어려웠다. 궁리 끝에 대문과 담을 헐고 꽃밭과 작은 텃밭에 관목들을 베고 마당 전체에 시멘트를 깔았다. 인부들에게 오목눈이 얘기를 하며 베란다 가까이 서 있는 산죽과 모란은 뽑지 말자고 했다.

봄날 공사로 소리가 시끄러운데 오목눈이 부부가 날아왔다. 한시도 가만있지 못하는 새에게 나는 손으로 산죽과 모란을 가리키며 너희 집을 지을 대나무가 그대로 있으니 와서 집을 지으라고 말했다. 내 방식으로 수화하며 고개를 이쪽저쪽으로 눕히기도 하면서 "응, 알았지?" 하며 달래는 심령으로 진심이 통하길 바랐는데, 알았는지, 몰랐는지 울며 돌아갔다. 이튿날도 왔다가 그냥 갔다.

그렇게 4년이 또 흘렀다. 4월이면 가끔 귀에 익은 새의 소리가 들릴 때가 있었지만 주변에 나무도 없고 흙도 없고 아스팔트와 시멘트로 된 메마른 곳에 한 아름 산죽이 서 있은들 와서 집을 짓지 않았다. 봄이 와도 나는 힘이 없었다.

코로나가 한창인 2020년에 J 문인협회에서 가곡과 성곡 짓기를 했다. 사회적 거리 두기로 모임과 행사가 중단된 상태에서, 무료하게 시간을 보내기가 답답할 때, 이메일과 SNS메신저로 모든 일이 이뤄졌다.

나는 내 마음을 차지하고 들어앉아있는 붉은머리오목눈이를 생각하며 "뱁새(붉은머리오목눈이) 이야기"라는 제목으로 가사를 써 냈다. 시詩가 서툴고 자신 없기도 하거니와 가사 짓기는 더 쉽지 않았다. 앙증맞고 사랑스러운 모습과 매일 다르게 크는 새끼들의 모습을 어떻게 표현할까, 그 많은 형상과 어여쁨을 어떻게 그릴까 하면서 모양과 느낌들을 압축하여 나름 정성껏 가사를 만들었다.

메신저로 자녀들에게 보냈더니, 어색하다, 이어지지 않는다, 순서가 안 맞다, 등 지적을 한다. 잘 모르지만 1절과 2절 혹은 3절이 운율과 음보가 맞아야 하고 노랫말이 잘 알아들을 수 있어야 하지 않을까고 생각했다.

56곡의 성곡과 가곡의 가사가 제출되고 수없이 퇴고하고 수정하기를 반복하니 총괄하는 분의 애타는 수고는 말로 표현할 수 없었을 것이다. 드디어 작곡가에게 맡기고 몇 달 후에 메일로 악보가 왔다. 압축된 악보를 풀다가 잘못될까 봐 컴퓨터를 잘하는 작은 딸에게 그대로 보냈다.

자녀들이 좋아했다. 음악 전공인 며느리도 더할 나위 없이 곡이 아름답다고 좋아했다. 교회 지휘자인 작은 사위는 퇴근하고 집에 들어서자마자 노래를 연습했단다. 딸이 이쁜 오목눈이 사진을 넣고 악보에서 노랫말이 가는 대로 나비가 폴폴 날며 음절을 가리키는 동영상을 만들어서 보내왔다. 클릭하니 사위 음성으로 노래가 나온다. 참 신기했다.

밥새 이야기

봄이 오면 찾아오는 작은 밥새가
창문 밖의 작은 숲에 둥지를 트네
콩을 닮은 파란 알을 깨고 나오면
매일 크는 새끼 모습 기쁨이었네

붉은 머리 동그란 몸 까만 눈동자
포롱포롱 포르르르르 날갯짓 늘면
새 가족이 떠나가고 둥지만 있네
딸네 가족 살다 떠난 빈방 같구나
겨우 한 달 지내고자 일 년을 참아
예쁜 새끼 어미 되어 돌아오겠지

놀라웠다. 이렇게 노래가 되는구나.

이후 소프라노 성악가의 음성으로 음원도 나왔고, 유튜브에도 올라갔다. 댓글도 달리고 아는 이들이 응원도 보내온다. 유튜브에 나온 오목눈이 사진은 사실 내가 예뻐하는 오목눈이 사진이 아니라

44

서 아쉽다. 영상을 올리는 분이 저작권 문제가 생길까 봐 시중에 이쁜 오목눈이 사진이 많은 데도 사용하지 못하고 다른 작은 새의 사진을 올렸다고 했다.

오랜만에 미국을 다녀왔다. 오는 날 작은딸은 우리 두 노인만 오는 길이 불안했던지 보호자로 같이 나왔다.

마침 코로나 때문에 미루던 창작곡 음악회를 하는 날이다. 빈방의 주인공 막내딸과 남편이 같이 관람한다. 성악가가 목소리에 힘을 주어 '새가족이 떠나가고 둥지만 있네. 딸네 가족 살다 떠난 빈방 같구나' 할 때 남편 눈에서 눈물이 흘렀다. 옆에 있던 딸이 휴지로 닦아 드린다.

지금 4월 말인데 둥지를 틀고 약콩만 한 파란 알 다섯을 품고 들어 앉아 있다. 수년 만에 또 가슴이 뛴다. 아마도 올해 또 나에게 무슨 좋은 일이 있으려나. 오목눈이와 나의 관계는 앞으로도 계속될 것 이고, 나는 사랑스러운 새를 계속 노래할 것이다.

뱁새 이야기

임순자 작사
서옥선 작곡

싱그럽게
♩ = 125

봄 이 오 면 찾 아 오 는 작 은 뱁 새 가 ―

46

창문 밖의 작은숲—에　　둥지를 트 네 —

♪ = ♩ L'istesso tempo

콩을닮은— 파 란알을— 깨 고나 오면 —
겨 우한 달— 지 내 고 자— 일 년을참 아 —

Tempo Primo

매 일크는 새 끼모 습 기 쁨이 었 네 —
예 쁜새 끼 어 미되 어 돌 아 오겠 지 —

47

딸 네가 족 살 다 떠 난 빈 방 같 구 나 —

돌 아 오 겠 지 —

내가 살고 싶은 곳

어머니와 조카 경천이 어린 시절

따뜻한 남향 양지바른 곳, 봄이면 눈이 맨 먼저 녹는 곳에 집을 짓고 살고 싶다.

뒤로는 병풍처럼 산이 둘러있고 앞에는 조금 낮아지면서 오를 때 약간의 운동이 되는 아늑하고 탁 트인 곳에 말이다.

나는 추위를 무서워한다. 추워지면 속에서부터 떨리고 손과 발끝이 시려 견딜 수가 없다. 원래 남쪽지방에서 태어나기도 했지만, 한의학에서 말하는 사상 체질 중 소음인이다. 중년을 넘어 노년에 드니까 또래보다 많이 약하고 빨리 늙는 느낌이다.

집에서도 한여름 말고는 내의를 입고 산다. 집이 단독주택이라 여름에도 심하게 덥지 않고, 샤워도 한여름 3~4개월만 자유롭다. 그 나머지 날들은 읍내 목욕탕을 찾게 되는 것이 주말 행사다.

그렇다고 방이나 차 안에서 한동안만 문을 닫고 있으면 또 다른 변고가 일어난다. 이건 더 급성 변고다. 가슴이 답답하고 머리가 떵하며 두통이 오면서 어지럽고 매스껍고 심하면 구토가 시작된다. 하루 이틀 어떤 때는 며칠도 간다. 밥도 못 먹고 정신이 혼미하고 죽으로 약간의 허기를 달래 보지만 소용이 없었다.

처음엔 체했나보다 하고 병원을 찾았다. 나이 들면서 이젠 각종 성인병 등 갖가지 병이 늘어서 여러 약 봉투를 받아오지만 내가 아는한, 맑고 신선한 공기의 부족 때문이었고 스트레스나 과식이 이를 부추겼다.

어쩌다 자녀들이 사는 아파트에 가면 역시 그 증세가 시작되어 하루도 편히 있질 못한다. 내가 있는 방문을 열어놓고 냉수도 마시고 건강보조식품도 먹어보고 손끝을 따기도 하고 나름대로 소화와 순환이 잘되게 마사지를 해본다. 난방비를 절약해야 하는데 창문을 열어봐도 시원하지가 않아 어쩔 수 없이 집으로 오게 된다.

집에 오면 아무리 동지섣달이라도 사방 문을 활짝 열어놨다가 한참 후에 적당히 닫고 내 방문을 반쯤 열어놓고 지낸다. 시원한 공기순환이 이렇게 간절할 수가 없다.

그 때문에 평소에도 날마다 바깥 산책을 해야 한다. 아주 맹추위나

비 오는 날은 둘둘 싸매거나 우산을 쓰고 한다. 그렇게 추위를 타면서도 산소가 남보다 훨씬 많아야만 견디는 특이체질이다.

그런데도 늙으면 귀소본능이 있다고 조그마한 농사가 좋아 보인다. 교통이 나쁜 곳은 고생이 많을 텐데 그래도 살고 싶은 곳은 그런 곳이다. 마당에 꽃 심어 정원 만들고 봄이면 사방에 꽃피고 새들의 합창을 들으면서 아침에 눈 뜨고 싶다.

갖가지 나물 캐고 쑥 나면 쑥국, 쑥버무리 만들어 먹고 텃밭에 상추, 고추, 토마토, 오이, 가지 심고. 여름엔 소나무 잣나무 숲속에서 불어오는 나무 향내 맡으며 가까운 개울에 발 담그고 청량하게 피서하고 싶다. 원두막이나 마당 한편에 솥 걸고 밭에서 가꾼 옥수수, 감자, 풋콩, 고구마, 동부, 땅콩도 쪄 먹으면 좋겠다.

친한 벗 형제, 조카 다 모여 나눠 먹으면 참 맛있을 것이다. 한여름까지 나오는 고사리도 꺾고 추석이 가까워지면 알밤도 줍고, 김장 야채 가꾸어 담가 묻어놓고 먹으면 그 맛은 진짜 일품일 것이다.

이제 나이가 너무 지나 실망스럽지만 꿈은 가시지 않는다. 힘이 달려 막상 그런 삶이 고달플지 모르지만 고단하지 않을 정도의 취미로 농사를 하며 유유자적하고 싶다.

옛날 집들은 흙벽의 집이었다. 불편했지만 쾌적하고 통기성이 좋았다. 공기 맑고 따뜻한 곳에 축열과 습기 조절이 잘되는 황토집을 아담하게 짓고 살고 싶다.

요즈음엔 흙으로 벽돌을 만들어 현대식 건물로도 집을 잘 짓는다고 했다. 원두막이나 돗자리에 누워 하늘을 보고, 별을 세며 흙 내음, 풀 내음 맡으며 새소리 벌레 소리 들으며 살았으면 좋겠다.

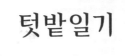

텃밭일기

텃밭 일기

지난해 봄 뒤 야산에 밭을 일궜다. 누군가 포도원을 하다가 묵힌 곳인데 밭이라기보다는 다시 산이 된 곳이다.

억세고 굵은 칡넝쿨을 걷어내고 장정 팔뚝 굵기에 아기 신장보다 긴 칡뿌리들을 몇 아름이나 캐내었다, 찔레 덩굴, 아카시아를 자르고 깊은 뿌리를 뽑아냈다. 바위와 돌들을 골라내어 드디어 밭 모양을 만들고, 건재상에서 차일망을 사다가 울타리를 쳤다.

그리고는 온갖 채소와 밭곡식을 심고, 날마다 밭에 가서 살았다. 어느새 이곳이 나의 쉼터와 삶터가 되었다.

나는 밭에서 숨을 쉰다. 몸도 마음도 뻐근하고 죄었던 가슴을 펴고, 숨 한번 크게 들여 마시고 천천히 내뿜는 숨쉬기를 한다. 여기서는 평화롭다. 여기 오면 각박하고 답답한 세상에서의 탈출구가 된다. 근심도 잠시 떠나고 자연과 교감하며 안식을 얻는다. 머리는 맑고 가슴은 시원해지고 몸은 가벼워진다.

그 작은 씨가 흙에서 싹을 틔우고 연약한 뿌리를 내리는 생명력에 감탄한다. 내린 뿌리가 점점 자라 각각 자기의 열매와 알뿌리를 맺고, 자기 빛깔을 내는 것을 보면서 나는 신비로움을 느낀다. 손익損益을 떠나 어린 식물을 자상하게 돌보고 가꾸는 것이, 모성애다운 인간본능인지 키워내는 성취감인지, 아무튼 그런 보람과 즐거움은 손을 놓지 못하게 한다.

밭엘 다녀온 남편이 "밭에 갔을 때 세워둔 팻말 못 봤냐"고 한다. "웬 팻말?" 가슴이 철렁한다. 땅 주인이 사유지를 무단으로 경작하면 민·형사 책임을 묻겠다고 써놨단다.

참 허망한 세상사, 내가 그렇게 좋아하고 "나의 밭"이라고 기뻐하던 꿈의 밭이, 그런 지대 위에 서 있음을 잊고 좋아했던 내 행복이, 밭에서 파낸 돌무더기처럼 와르르 무너진다. 사방이 부끄럽다.

사실 이번이 처음은 아니다. 이곳에 이사 온 후 벌써 세 번째 이와 비슷한 일을 겪었다. 어떤 땐 땅 주인의 권유로 밭을 일구었다. 열심히 밭을 만들고 두어 해 경작하며 잘된 것은 주인과 나누기도 하고 이웃과도 나눠 먹지만, 그 이상을 넘지 못하고 주인은 땅을 돌려 달라고 요구했다. 힘들여 만든 밭이지만 내어줄 수밖에 없었다.

다시는 농사에 미련 갖지 않으리라 생각했지만 나는 이 일의 즐거움을 아는 터라 또다시 손이 가게 되는 것이다. 이번에는 넓은 곳이 멧돼지와 고라니의 놀이터가 되어 있었고, 땅 주인이 동네사람이 아니고 서울사람이라는 말에 덜 간섭 받을 것 같아, 예전보다 좀 더 욕심을 냈다.

팻말이 비바람에 시커멓게 변했다. 땅 주인은 아무 말이 없다. 혹 땅을 관리하는 사람이나 우리보다 먼저 개간해 농사를 짓는 사람들의 텃세가 아니었을까 싶다.

며칠째 비가 와서 출입을 못 하다가, 장화를 신고 빗물에 파인 길을 따라 언덕을 올라가는데, 먼저 온 밭 이웃들이 난리들이다. 멧돼지가 익지도 않은 옥수수를 다 따 먹고 나무까지 부러뜨리고 짓밟고 헤집고 난장판을 벌였다. 우리 밭도 예외가 아니다.

작년에도 밭을 만들고 여러 작물과 함께 고구마순 100포기를 심었었다. 밑이 잘든 고구마를 상상하며, 친한 분들과 나눠 먹을 생각에 마음이 먼저 들떠 있었다.

그런데 넝쿨이 어울릴 즈음에, 멧돼지란 녀석이 열심히 만든 울타리를 비웃기라도 하듯 떠밀고 들어와, 겨우 생기는 알뿌리를 두 번이나 훑고 갔다. 실뿌리들만 고랑으로 뻗어내려 가을에 캐어 보니, 속이 질긴 굵은 줄로 자라 먹을 수가 없고, 다 캐봐야 두 번 삶아 먹기도 모자랐다.

고라니는 낮에도 많이 본다. 눈 온 겨울날에는 먹을 것을 찾아 하얀 밭과 숲을 서성이다가 사람이 오면 후다닥 산으로 뛰어간다. 봄이면 콩잎 호박잎을 따먹다가 그렇게 도망간다. 전에는 부드럽고 맛있는 잎만 먹었다는데, 날이 갈수록 콩잎과 고춧잎, 심지어 껄끄러운 호박잎 줄기까지 다 뜯어 먹는다.

그래도 왠지, 난 그들에게 화를 낼 수도, 미워할 수도 없다. 허허 웃고 넘긴다. 오히려 귀엽고 사랑스러울 때도 있다. 애초에 그들의 땅이 아니던가. 그들의 것을 우리가 뺏은 것이다. 그들도 살기 위한 생존권 다툼인 것을.

주민들 말에 의하면, 전엔 묵은 과수원 칡넝쿨 아래에서 고라니 가족들을 자주 보았단다. 새끼들을 낳고 살던 지금은 없어진 옛집이 그리워 출생지 고향을 찾았는지 모른다. 나는 재미로 하는 농사이고 그들은 살기 위해 고투를 벌이는 것이다. 그들의 영토에 그들의 먹이를 다 거두어내고, 우리가 밭을 만들고 울타리를 친 것이다.

멧돼지가 먹다 남긴 옥수수를 따다가 쪄 먹으니 맛이 참 좋다. 늦게 심은 것은 지금 자라고 있는데 그건 돼지들한테 뺏기지 말아야지. 나와 멧돼지 사이에 재미있는 신경전이 벌어질 것 같다.

참외와 토마토

밭에서 따온 노란 참외를 꺼내놓고, 굵고 잘생긴 것 다섯 개를 고른다. 생각지도 않던 수확이다.

금년엔 참외를 심지 않았다. 지난해 거름을 넣고 넓은 두둑을 만들어 모종을 사다 심고 열심히 가꿨지만, 장마에 거의 죽고 남은 것은 열매가 익을 즈음 물컹하게 썩어 하나도 따지 못했다.

다시는 심지 않으리라 했는데, 올해 그곳에서 참외 싹이 올라왔다. 파고 다른 작물을 심으려다 반신반의하여 그냥 두고 가끔 돌보았더니, 장마가 지나자 콩알, 메추리알, 사과만한 열매가 올망졸망 커가는 모습이 내가 밭에 가는 재미를 더하게 한다.

참외와 토마토 꽃은 노란색의 별 모양이다. 토마토는 길게 끝이 뾰족한 별이고, 참외는 통통하고 둥근 편의 별 모양이다. 열매가 익으면 참외는 노랗고, 토마토는 빨갛다.

참외는 땅 위에 넝쿨로 자란다. 원줄기에서는 열매가 열리지 않는다. 원줄기 대여섯 마디에서 순을 자르면, 아들 순이 나와, 십이 마디 이상이 되면 또 자르기를 해서 손자 순이 나올 때 첫 마디나 둘째 마디에서 암꽃이 피면서 열매가 달린다. 달린 후 서너 마디 위에서 완전히 순 막음을 하여 맺힌 열매가 잘 자라게 하고, 증손, 고손 줄기들이 우수수 올라오면 낫으로 잘라 영양의 허비를 막아준다.

토마토는 대추 모양의 방울토마토를 심었다. 토마토는 두둑이 높아야 한다. 물이 끼거나 비를 많이 맞으면 열매가 갈라지고 터져 상해버린다. 비 가림이나 하우스를 설치하면 좋겠지만, 어설픈 농사꾼에겐 쉽지 않은 일이다. 토마토가 잘되는 땅은 모든 작물이 잘된다는 말이 있다. 토마토가 빨갛게 익어가면 의사들의 얼굴이 파래진다는 속담도 있듯이, 영양의 보고이다.

어릴 때 아버지는 일본어로 된 책을 보시고 마당 앞 텃밭에 온상을 만드셨다.

땅을 깊이 파고 짚을 두껍게 넣어 다져서 짚이 썩으면서 열을 내면, 토마토 씨앗을 심고 한쪽에는 고구마를 심어 순이 나오게 하셨다. 문짝을 만들어 기름 먹인 창호지를 발라 온상 위에 덮고, 볕이 좋은 한낮에만 잠깐 열었다 닫으면서 모종을 키워 토마토 농사를 지으셨다.

토마토는 물론 고구마도 귀한 시절이었다. 그때부터 나는 토마토와 인연이 되어 해마다 심게 된다. 몸체가 강하지를 못해 지주를 세워 묶어줘야 한다. 참외와 달리 위로 한 줄로만 자라야 한다. 곁순이 여럿 자라면 순마다 많은 꽃이 피지만 열매가 자라지 못하고 다 떨어진다.

장마 때 이삼일만 못 가봐도 곁순이 한 뼘이나 자라, 어떤 것이 원줄기인지 모를 정도가 된다. 아까워서 떼어버리기가 망설여지지만, 농사에서도 욕심을 버려야 한다. 곁순은 과감히 떼어내고 원줄기만 키워야 한다. 버리기가 아까울 정도로 큰 것이면 삽목을 하여 또 한 포기의 토마토로 키워 늦게까지 열매를 먹을 수도 있다.

아버지가 지으실 땐 3단까지 키웠지만, 지금은 여건이 좋아서 5단에서 7단까지도 잘 키울 수 있다.

토마토는 오직 한길로만 매진하여 성공한 사람을 떠올리게 한다. 돈과 시간의 낭비 없이 바르고 빠르게 정진하여, 목표에 이르는 사람이 있는가 하면, 다른 유형, 참외처럼 여러 번 꺾이고 좌절하면서 원하는 곳에 도달하는 사람도 있다.

혹은 목표에 이르기 위해 필수로 다른 과정을 거쳐야 하는 경우도 있는데, 토마토처럼 오직 한길이든, 참외처럼 여러 단계를 거치든,

노력하여 원하는 것을 얻고, 세상을 유익하게 하면 성공한 삶이라 할 것이다. 참외를 토마토처럼, 토마토를 참외처럼 재배하면 좋은 열매를 얻을 수 없다. 사람을 교육할 때도 같은 이치가 될 것이다.

봄에는 주로 잎채소를 먹다가 더위와 장마가 오면 노지에선 어느 야채도 살아남지 못한다. 이때 과채나 과일이 여름 건강과 반찬을 책임진다. 더위에 땀을 많이 흘리고 기력이 쇠하여 입맛을 잃은 사람들에게 영양과 수분과 즐거움을 준다.

조물주는 위대하고 자연은 부지런하다. 자연은 말없이 순응하며 한 치의 오차 없이 계절에 맞게 일을 해낸다. 햇빛에서 바람과 물에게, 또 땅에게서 배워야겠다. 서로 도와서 좋은 것을 만드는 것을, 그리고 자신을 주는 법을….

잘생긴 참외 하나를 쥐고 들여다본다. 코밑에 향긋함이 지난다. 노란색이 물감의 노랑보다 더 곱다.

너무 고와서 싫증 날까 봐, 드문드문 줄을 그어놓았다. 세우면 세로줄이지만 눕히면 가로줄 무늬이다. 돌려서 배꼽 면이나 반대편 꼭짓점을 보면 큰 원 한가운데 작은 원이 있다. 종도 되고 횡도 되던 줄이 그곳으로 다 모이면서 팔방으로 빗살무늬가 된다. 결국 모든 선이 하나로 이어져 있으면서 여럿으로 보인다.

놀라운 디자인이다. 직선도 있고 동그라미도 있어 작은 하나의 우주처럼 여겨진다. 길이로 반을 자르면, 하얀 속살은 깨끗하고 조밀하다. 살 안쪽 양옆으로 촘촘히 배겨있는 씨앗행렬은, 잘 정돈된 치아들 같다. 참외는 사람으로 치면 단아한 여학생을 보는 느낌이다.

참외와 오이소박이를 싸서 아들네로 보냈다. 며느리에게서 문자가 왔다. "어머니, 감사해요, 참외가 입에서 녹네요" 한다. 기쁘다. 여름 과일과 과채가 있어 고맙고, 먹어주는 사랑하는 이들이 있어 행복하다.

솔로몬왕은 "너는 네 식물을 물 위에 던지라. 여러 날 후에 도로 찾으리라"고 했다. 뿌리려고 한 것도, 찾으려는 생각도 아니었는데, 참외는 이듬해에 내게 열매를 안겼다. 더위에 지친 사람들에게 여름 과일처럼, 나도 누군가에게 살아가는 활력을 주는 사람이 되었으면 좋겠다.

수박

연녹색 바탕에 검푸른 굵은 줄이 세로로 흐른다. 큰 붓에 먹물을 흠뻑 적셔 한지에 흔들흔들 번진 듯이 내려간다. 꼭짓점에서 좁고 가늘게 넓어질수록 굵고 넓게, 좁아질 땐 다시 점점 좁고 가늘어진다. 단순한 것 같지만 순리다운 완벽한 수묵화다. 수박은 위에서 보면 태양 빗살무늬가 되고, 절반만 가리고 보면 부챗살 같다.

밭에 저절로 나서 자란 참외를 따먹고 재미를 본 나는, 수박을 먹다가 이번엔 수박을 키워봐야겠다는 생각이 들었다. 씨를 모아 밭으로 가서, 빈 밭 여기저기 흩뿌렸다.

봄에 완두콩밭과 마늘밭에서 수박 싹이 올라온다. 완두콩은 수확이 빨라서 콩대를 뽑은 후 그대로 수박을 키우면 되지만, 유월에 수확하는 마늘밭의 것은 옮겨와야 하는데, 마늘이 다칠까 봐 모종삽을 댈 수가 없다.

빈 곳에 새로 한 두둑을 만들고, 구덩이를 파고 물을 부었다. 마늘

밭 모종을 맨손으로 살며시 뽑았다. 가뭄이 심해서 뿌리에 젖은 흙이 묻어있지 않고, 하얀 뿌리만 말갛게 올라온다.

한 발이나 자란 순을 절반쯤 뚝 잘라버리고, 물이 잦아진 구덩이에 심었다. 오랫동안 시들어 있어도 산등성이라 물 끌어 오기가 어려워 내버려뒀는데도, 신통하게 한 포기도 죽지 않고 다 살아났다.

다섯 마디쯤에서 순을 자르면, 아들 순이 나오는데 두세 줄기만 키운다. 튼실한 줄기 열다섯 마디 이후 좋은 열매 하나만 남기고, 다른 줄기에서나 이전이나 이후의 열매들은 다 따버린다. 한 포기에서 한 통만을 키운다. 다른 줄기와 모든 잎들은 한 통을 위해 일하는 가족들이다. 나의 수박 산아계획은 오직 한 녀석 키우기다.

많은 수꽃 중에 올챙이 같은 열매에 달려 핀 암꽃은 더 사랑스럽고 소중하다. 새알, 방울, 야구공만 한 것들이 대충 세어봐도 열 개쯤 자란다. 구슬만 할 때에도 수박 줄이 또렷하며 털이 보송보송한 것이 앙증맞고 귀엽다.

땅이 박해서 축구공만 하면 거의 자란 것이다. 제일 큰 것이 농구공만 하다.

날마다 가서 익었는지 두들겨본다. 손가락을 구부린 마디로 두들기면 틱틱 소리가 난다. 아직 멀었다. 다음에 가서 또 두들겨본다. 통통 소리가 난다. 아직 아니다. 드디어 동동 울린다. 설레는 맘으로 수박을 따왔다.

거실에다 놓으니 둥글둥글 굴러간다. 꼭 지구본처럼 생겼다. 많이 크진 않지만 어디 하나 빠진 곳 없이 둥글다. 모자람도 넘쳐남도 없어 잘 굴러간다. 어디든 출발점이고 어느 부분이든 완결점이 되는 원숙함을 보인다.

수박을 보니 내 성격이 생각난다. 나는 성격이 둥글지 못하다. 뒷박처럼 각이 나서 굴러가지 못한다. 세로나 가로밖에 모른다. 각진 모가 닳아서 둥글게 되려면 몇 년이나 살아야 할까. 천년을 살아도 나로선 힘들 것 같다.

칼을 대니 쩅하고 갈라진다. 녹색과 대비되는 붉은 충만함이 하얀 동그라미 안에 가득하다. 검정 씨는 가운데를 피한 듯 양옆으로 드문드문 박혀있다. 입에 넣으면 풀 향기 향긋한 부드러운 단맛이 물이 되면서 혀를 녹인다. 순간 여름의 권태나 무력은 잊고 미각이 인도하는 천상의 식사 자리로 잠깐 떠난다.

여름에 수박은 단연 으뜸 과일이다. 맛이나 크기나 쓰임새로 보나, 과일이라 불리지만 수박은 과채다.

68

봄에 난 풀 한 포기가 메마른 산등성에서 이렇게 큰 열매를 만들 수 있다니. 얇은 진흙층에서 아침이슬도 귀한 가뭄에, 꽃 핀지 한 달여 만에 어떻게 이리 많은 물을 저장했을까. 일생을 바쳐 오직 하나를 기른 너의 귀한 보물덩이를, 내 한 입 식물로 준 공이 크고도 송구하다.

처음 가꿔본 식물이라 훌륭한 열매를 맺도록 잘 도와주지 못했다. 내년엔 좀 더 준비하여 올해보다 더 나은 수박을 세상에 선보일 것이다.

나는 미리 행복하다.

김치가 담장을 넘다

며느리와 둘이 앉아 김장을 한다. 재작년까진 딸과 셋이서 했다. 김치를 잘 먹던 딸은 미국 가고, 평일이라서 아들은 출근하고, 아기들은 어린이집에 갔다. 김장 때 와서 도와주겠다는 이들이 있었지만, 남편이 옆에서 심부름을 해주니 둘이서 해도 충분하다. 지난해는 농사지은 배추를 담그고도 양념이 많이 남았었다.

양념을 바라보던 며느리가 "어머니, 김치가 적어 보여요" 했다.

"그래? 배추 몇 통 더 사다가 담글까?"

"네, 어머니, 제가 사올게요" 하며 마트로 달려가더니, 들기도 힘들 정도로 큰 배추 여섯 포기를 사왔다. 이튿날 나 혼자 김치 네 통을 더 담궜다.

며느리는 김치 욕심이 많다. 결혼 첫해는 양쪽 식구들 드나들고, 친구들이 몇 모임으로 와서 집들이를 하면서 우리보다 김치를 더 많이 먹었다.

그러더니 차츰 덜 먹기 시작한다. 아들은 주로 밖에서 밥을 먹고, 아기들이 태어나면서 애들 위주로 맵지 않은 반찬을 먹다 보니 김치가 덜 먹힌단다.

러시아에서 12년을 선교사로 체류하다가 돌아온 조카네 집들이하는 날, 큰 통 하나를 들고 갔다. 부엌에서 조카들이 나눠 가져가느라 법석이다. 식당을 하는 지인에게도 여름에 두 통을 줬다. 그러고도 남아서 지금까지 먹는다.

이번엔 조금만 담아야지 했는데, 웬걸. 양념은 남지 않았는데 이젠 절인 배추가 한 박스도 넘을 만큼 남았다. 더 담고 싶으면 양념을 새로 만들어야 하니. 절임 김치를 해볼까도 생각했지만, 귀찮아졌다.

오후 시간이 바쁜 며느리는 저희 먹을 김치를 싣고 가고 남편과 뒷정리를 하면서 누구 줄 사람 없나를 생각했다. 그런데 김치를 담근 것도 아니고 절인 배추를… 생각나는 사람들은 이미 김장을 했고, 한 사람이 생각나서 전화했더니 연결이 안 된다.

그때 생각이 났다, 뒷담에 얹어놔야지.

김장 비닐봉투를 두 겹으로 포개서 절인 배추를 차곡차곡 담아 묶고 종이에 매직펜으로 "직접 유기농으로 재배한 절인 배추입니다. 필요하신 분은 가져가셔서 양념만 해 넣으세요"라고 크게 써서 투명 테이프로 붙여 담 위에 올려놓았다.

조금 있다가 나가보니 벌써 가져가고 없다. 남편과 나는 손뼉을 치면서 좋아했다. 농사를 짓는 재미 중에는 나눠먹는 재미를 빼놓을 수가 없다.

몇 년 전 뒷집과의 사이에 담이 무너져 새로 쌓으면서, 두 집 사이가 갑갑하지 않도록 낮게 쌓았다. 이후 뒷집이 공장으로 바뀌었는데, 대문과 담을 헐고 길과 마당을 하나로 쓰면서 낮은 담이 길 쪽으로 드러났다.

담 밑 작은 터에 토란을 심어 캐던 날, 토란대를 절반 정도 쪼개 말리고 나머지는 담에 세워두었는데, 나중에 보니 누가 가져가고 없다. 옳다! 여기다 두면 잘 가져가는구나.

그때부터 뒷산 텃밭에서 가꾼 야채들과 애호박, 가지 등을 비닐봉지에 담아 글씨를 써서 담 위에 얹어 놓으면 잘 가져간다. 물론 아는 분들과 나누고 남은 것이다.

사실, 남에게 무얼 준다는 것도 쉽지 않을 때가 있다. 좋은 물건이라도 상대방에게 필요하지 않을 수도 있고, 직접 주면 받고 싶어도 부담을 느끼거나 미안해서 거절하는 수도 있다. 여름에 야채가 흔할 때는 시중에서도 값이 싸다. 남 주기가 망설여질 때가 있다.

그러나 아무리 흔해도 없는 분이 있다. 무농약에 금방 채취한 것이고, 물 뿌림 같은 것을 하지 않아 오래 두고 먹어도 좋다. 나로서는 버리기가 아깝고 필요한 분이 가져가면 그렇게 좋다.

올해는 김장 야채 가격이 갈수록 치솟아, 아직도 김장을 못한 분들이 있다. 이마에 주름이 깊어져서, 보는 마음이 안타깝다. 친한 분끼리 김장 안부를 묻다가 그 이야기를 하면 한결같이 "아까워라"고 한다. 나는 속으로 '버린 것도 아니고 필요한 분이 가져갔는데 뭐가 아까워' 하며 웃는다.

주머니 깊은 데서 꺼내기 어려운 돈을 준 것도 아니고, 농사지어 남은 것 준 것 뿐인데, 그런데도 나는 김장 이후로 마음이 기쁘다. 김치가 잘 익어서 식탁에 올라, 고단한 그들의 식욕을 돋게 했으면 좋겠다.

열무 물김치

부엌 창문으로 물김치 통이 보인다. 물김치를 담가서 3통을 포갠 뒤 창고 안 김치냉장고 위에 얹어 놓고, 나흘이 지나도록 잊어버렸다.

훤히 비치는 플라스틱 통 안에 노랗게 익은 물김치가 내 눈앞을 노랗게 한다. 반 울상이 되어 뛰어가 뚜껑을 열어보니 거품이 뽀그르르 올라오고 쉰내가 난다.

가슴을 두어 번 치고는, "아까우니 못 먹더라도 냉장고에 넣어나 보자"하고 넣었다.

바쁘고 정신없는 중에도 아들네 손주들과 딸네 손녀들이 좋아하는 물김치를 담가, 입맛 없는 여름에 밥 잘 먹도록 하려 했다. 우산을 쓰고 밭에 가서 장마에 물러져 가는 열무 중에 싱싱한 것만 골라 정성껏 담갔었다.

애들이 밥을 먹고 있다.

밖에서 들어오는 내 귀에 "언니야, 물김치 맛있다, 그치?"

귀가 번쩍 열렸다. "뭐, 물김치 먹어, 맛있어?"

여름 한 철 우리 밥상에는 물김치가 빠지지 않는다. 가을 김장 때 담가서 겨우내 먹던 동치미가 맛이 변할 무렵이면, 신선한 물김치가 필요하다. 우리 집엔 국 없인 지내도, 물김치가 없으면 아이나 어른이나 물김치를 불러댄다.

젊은 주부 시절, 지인 댁에 초대받아 갔을 때, 뽀얀 국물에 파란 열무가 새콤하게 익은 정갈한 물김치를 맛봤다. 어떻게 만든 것이냐고 자세히 물어서 그때부터 열무물김치를 담가 먹기 시작했다.

열무는 여러 영양도 검증된 데다 나는 주로 재배해서 먹으니 농약의 위험이 없고 어린 솎음 때부터 담글 수 있어 좋다. 어린 것이 오히려 더 부드럽고 맛이 있다.

열무 한 단을 다듬어 먹기 좋게 잘라
(깨끗이 씻어) 소금물을 뿌려 간 절여두고
찹쌀 풀을 묽게 쑨다.

마늘 한통과 생강 반쪽을 갈아놓고

양파 한 개를 얇게 썰고
부추와 쪽파도 3cm로 자르고
홍고추도 2~3개 어슷썰기를 한다.

열무는 약간 숨이 덜 죽은듯한 것을 한번 살짝 헹구어
소쿠리에 받쳐 물을 뺀다.
(물이 완전히 안 빠져도 되므로 풋내나도록 눌러 짤 필요는 없다)

큰 양푼에 찹쌀풀을 넣고
정수기 물 5L 정도를 받아 소금과 설탕으로 간을 해서 양푼에 붓고
모든 재료를 넣어 살살 섞어 간을 맞춰 통에 담는다.

발효 기간은 더운 때는 1~2일 정도, 겨울에는 실온에서 사나흘 정
도이다. 약간 덜 익었을 때 냉장 보관하면서, 조금씩 떠내어 익혀
가며 먹으면 오래 먹을 수 있다.

냉장고 안쪽 찬바람이 나는 곳에 넣으면 천천히 익으면서 살얼음
이 생기기도 한다. 살얼음이 뜬 물김치는 자연의 맛이 낳은 순수함
과 시원함 그대로다. 인공 음료보다 훨씬 당기는 만족함을 준다.

모든 김치가 그렇지만 같은 온도로 은은히 오래 익어야 맛이 깊다.
마찬가지로 사람과의 관계도 오랫동안 변함없이 지내온 관계가

우정이 깊고 오래 간다. 좋은 점 나쁜 점 다 알고도, 슬플 때나 기쁠 때나 한결같이 오랜 우정을 지켜온 내 맘 같은 친구는 잘 숙성된 김치와 같다.

물김치가 특별한 음식은 아니다. 모든 가정에서 평범하게 만들어 먹는 일상적이고 편안한 음식이다. 대표적인 반찬도 아니고 재료도 싸고 특별한 기술이 필요한 것도 아니다. 도리어 고임을 받는 중요한 것들의 가치를 세워주기 위해 소모되는 존재 같기도 하다.

하지만 밥상에 그것이 빠지면 많이 불편하다. 목이 막히고 답답할 때 시원한 물김치를 같이 먹으면 막히던 음식이 잘 내려간다. 짜거나 마른 음식으로 힘들 때도 물김치를 먹으면 식도에서 쉽게 내려 뱃속을 편하게 하고 소화를 촉진시킨다.

사람 사이에도 눈에 띄거나 특별한 대접을 받지 않아도 온유하고 겸손하며 모두를 아우르며 가교역할을 하는 사람이 있다. 물김치 같은 사람이다.

나는 물김치를 좋아한다. 그중에서도 여러 영양이 검증된 열무물김치를 더 좋아한다.

쑥 캐던 날

스무 살 때쯤, 교회에서 공부를 마치고, 선생님과 우리는 쑥을 캐러 가자고 의논이 되었다. 캐어다 떡 해 먹자고 하며, 소쿠리 하나씩에 작은 칼을 들고 '분덕'이라는 이웃 마을로 갔다. 냇가와 논둑, 밭둑에는 이미 다 캐어가고 없어, 언덕을 올라 옆에 있는 큰 산골짜기로 들어가기로 했다.

세 아이의 부모인 선생님 내외분은 한 골짜기로, 선배 언니 세 사람과 나는 각각 한 골짜기씩 들어갔는데, 입구 쪽은 사람들이 드나들며 캐어 별로 없고 차츰 들어갈수록 굵은 쑥이 많아졌다. 산 쑥이라 깨끗하고 보드라운 촉감이 좋아서 정신없이 뜯으며 점점 깊이 들어갔다.

한참을 캐다 보니 바구니가 그득하다. 시계는 25분이 지났을까. 돌아가야 할 때가 된 것 같은데, '언니들은 얼마나 캤을까, 내가 제일 적을지 몰라'라는 생각이 들고 눈앞에 쑥이 더 많이 보인다. 좋은 쑥을 놔두고 갈 수도 없고, 무서움이 들기도 해서 마음이 급한데,

마침 골짜기가 높아지면서 막다른 곳에 도달했다.

잘 되었다 싶어 돌아오는데, 버석거리는 내 발소리가 누가 나를 쫓아오는 소리 같고, 뒤에서 내 머리를 잡아챌 것 같다. 허겁지겁 뛰듯이 골짜기를 나왔는데 아무도 없다. 아직 안 나왔나, 얼마나 많이 뜬길래, 좀 이상하다.

저 멀리 우리 마을로 가는 고개 쪽에서 소리가 들려 쳐다보니, 일행이 벌써 가고 있다. 갑자기 가슴이 쿵쾅거리며 열이 오른다. "이 미련퉁아, 여태 뭐 했어, 빨리 와"하며 언니들이 소리를 지른다. 화가 나서 가만히 서 있다가 천천히 걸어서, 언니들은 제쳐두고 선생님 앞에 다가섰다.

"선생님, 골짜기에 들어갈 때 몇 시까지 어디로 나오라고 말했어요? 안 했잖아요? 한 사람씩 한 골짜기에 들어가서 안 나오면 기다리든지, 찾아 들어와 보든지…. 쑥은 뭐고 떡은 뭐냐"고 하며 바구니를 팽개치고 와버렸다. 한 달가량 버성겨 지냈다.

살아오면서 비슷한 경우를 종종 겪는다. 하지만 바구니를 팽개치지 못할 때도 많다. 어디쯤에서 발을 돌려야 할지도, 주로 결과에 따라 판단이 좌우되므로 사는 일이 쉬운 일은 아니었다.

또다시 4월은 오고 봄바람이 유혹한다. 나물을 캐는 일은 나에게 치유이자 즐거움이다. 한 손에 희고 연한 쑥을 쥐고 한 손으로 칼을 누르면, 뿌리에서 '똑'하고 올라오는 자줏빛 깨끗한 밑동을 쓰다듬으며 담는 기쁨은, 먹는 행복을 능가할 때도 있다.

쑥 위에 그때 얼굴들이 어른거린다. 선생님과 언니들도 올봄에 쑥을 캐는지, 보고 싶다.

얼음 밑으로 흐르는 물

골짜기를 들어서니 적막이 흐른다. 지금은 한겨울, 가끔 꿩이 푸드덕하고 날아올라 나를 놀라게 하고, 나뭇가지를 흔드는 작은 바람 소리가 있지만 한적하다. 개울은 두껍게 얼고 눈이 덮였다. 물소리가 들리지 않는다.

개울로 내려가서 귀를 기울여 보았다. 그런데 얼음 밑에서 아주 조그만 소리가 '쫄 쫄' 하며 들린다. 아! 다 얼진 않았구나.

여름에는 이곳을 자주 왔었다. 밭에서 일하다가 더워서 그늘이 그립고 물을 만지고 싶을 때, 산 쪽으로 조금 오르면 왼쪽 골짜기에 조그만 개울이 흐르고 시원한 바람이 밀려왔다. 제법 반반한 길도 나 있어 동리 사람들의 산행길 입구이기도 하다. 그때는 물이 제법 많이 흘렀다. 장마 때는 큰물이 콸콸 범람하여 바위들을 굴릴 때도 있다.

여름의 소리는 많았다. 태풍, 소나기, 매미, 등산객들 말소리, 그런

땐 물소리가 들리지 않았다. 아니 들으려 하지 않았다. 오늘은 이 미세한 소리를 찾아 듣는다. 귀를 기울이고 작은 것을 찾아내어 크게 듣는다.

아랫마을은 시끄럽다. 모두가 떠들고 나도 생각 없이 떠들 때가 많다. 소리는 많은 데 뜻은 없다. 조용히 귀를 낮추어 들어본다. 소리를 듣지 말고 말을 듣자. 말을 듣지 말고 마음을 듣자. 마음을 듣지 않으니 소리만 무성하여 난청이 된다.

침묵에 귀를 대어 본다. 큰 소리는 귓전으로 지나가고 작은 말은 들려온다. 정말 하고 싶은 중요한 말을 할 때는 조금 쉬었다가 다시 작은 소리로 천천히 말하면 훨씬 잘 들린다. 작은 소리는 침묵을 거쳐 나온 말이고, 농축되고 걸러낸 최종의 말이다.

주인아주머니께 미안하다는 쪽지와 함께 마지막 방세와 밀린 공과금을 남기고 세상을 떠난 세 모녀의 이야기는 우리를 슬프게 한다. 큰소리가 아닌 조용한 소리로 들려온다.

셋이서 그 무서운 일을 작정하고 두루 챙겨 보았을 것이다. 살아오면서 잘못된 일은 없었는가. 손해를 보고 잃은 것은 있어도 남에게 빚지고 가는 일은 없어야지. 몸을 낮추어 귀를 기울여 보았을 것이다.

82

죽으면 그만인데 아직도 누굴 위해 양심을 지킬까. 분함과 억울함 같은 생각도 있었을지 모른다. 세상의 여러 여건이 마음을 두꺼운 얼음이 되게 하지 않았던가. 이렇게 갈 바엔 평소에 먹고 싶던 식사나 한 끼 맘껏 하고 갈까. 어쩔까.

유혹의 굵은 소리도 스쳐 지나갔을 것이다. 마음은 엎치락뒤치락하여도 끝내는 밑바닥의 작은 소리에 귀를 기울였다. 밥 한 끼 맛있게 먹는 것보다 마음의 소리를 택하는 것이 얼지 않은 마음의 힘이었다. 겨울바람이 아무리 혹독해도 개울 밑바닥에는 얼지 않은 물이 흐르고 있었다.

세상이 아무리 냉혹하고 살벌해도 마음 밑바닥에는 본심이 흐르고 있다. 다만 심신이 약하거나 너무 많이 왔기 때문에 돌아설 용기와 체면이 없는 것은 아닐까. 희망은 있다. 이것이 인생에 씨눈 같은 것이다. 마음 밑바닥의 물이 다 얼지 않기를 간절히 기도한다.

이삿짐

딸아이가 이삿짐을 싼다. 옷들, 책들, 장난감과 부엌용품을 꺼내놓고 짐을 나누고 고른다. 날마다 온 집과 거실은 발 디딜 틈이 없다. 예전 이사와 달리 이번엔 짐이 간단해야 한다. 부엌용품도 아이들 수저와 애용하던 압력솥 하나 정도만 챙긴다.

2년 전 사위가 유학 떠나고 두 아이를 데리고 직장생활을 하면서, 좁은 집에 들어와서 같이 지내게 되었다. 이제 계획대로 2년이 되어 7월 17일 남편 따라 미국으로 가게 되는데. 그동안 요긴하게 쓰던 천연화장품 제조기들과 재봉틀도 팔아야 한다. 인터넷에 올리더니 금방 팔렸단다, 박스 사이사이 완충지를 넣어 새것처럼 포장해서 보내는 것이 옛사람인 나로서는 신기하고 야무져 보인다.

가방들이 가로세로 부피도 맞아야 하고 무게도 맞아야 하니 줄자로 재고 저울에 달기를 수도 없이 반복했다. 다 되었다 싶으면 가져가야 할 물건이 발견되어, 다른 것을 빼고 대신 넣기도 하고, 그렇게 가방 하나만 해도 수없이 달아보고 빼고 넣고 하다 보니, 그 많은 숫자의 짐들을 다 싸도록 저울도 지쳤는지 어깃장을 칠 때가 있다. 숫자가 왔다 갔다 한다.

가져갈 수 있는 짐이 한 사람에게 큰 짐 두 덩치, 비행기에 들고 들어가 선반에 넣는 작은 짐이 하나씩, 식구가 넷이니 큰 짐 여덟 덩치와 작은 짐 네 개로 싸면 다 될 줄 알았다.

그런데 웬걸, 줄이고 뽑아내서 담아도 꼭 가져가야 할 것이 또 나온다. 할 수 없이 해운으로 세 덩치를 더 만들어 보내기로 했다. 그런데 세 개를 더 담고도 또 많이 남았다. 이제 압력솥도 빼고 수저도 빼고. 책과 옷도 다시 고르고 빼내어 가까운 사람들에게 주기로 했다.

큰딸도 미국으로 시집갔다. 갈 때 두고 간 물건들이 아직도 뒤 창고에 쌓여있다. 공부하던 책과 아끼던 물건들, 장가가서 분가한 아들이 두고 간 물건도 많다. 저렇게들 오랫동안 박스에 넣어두면 결국 못쓰게 될 게 아닌가?

그래서 이번에 막내딸은 하나도 남김없이 버릴 것은 버리고 필요한 것은 싸가고 다 정리하고 가라고 그렇게 일렀건만. 짐 꾸리기가 하도 끝이 안 나니, 할 수 없이 내가 나섰다, 이제 시간이 없으니 일단 버릴 것과 필요한 것 두 종류로만 구분하라고 했다. 그래놓고 필요한 것 중에서 제일 필요한 것들부터 남은 가방에 담기 시작하여 다 차면 끝내고, 나머지는 담아둘 테니 나중에라도 가져가라고 결론을 냈다. 그리고는 버릴 것부터 묶어 고물 수집하는 분께 넘기기로 했다.

왜 이렇게 사람이 사는데 짐이 많을까? 사는 동안은 필요한 게 정말 많다. 평소에도, 살림을 줄여 보자고 없애고 나면 또 필요해서 구입하기 일쑤다. 언제까지 이처럼 복잡하고 힘든 이사를 해야 하며 이삿짐을 싸야 할까?

일생을 살다 보면 이처럼 여러 번 이사를 하는데. 그때마다 빠른 시간에 많은 취사선택을 해야 한다. 사람에겐 모으기만을 좋아하는 습성이 있는데 가끔 이렇게 내버리는 훈련이 필요할 것 같기도 하다.

우리는 여기 와서 17년이 되었으니 살던 중 제일 오래되었다. 집이 단독이니 구질구질한 짐들이 더 많아진다, 다행인 것은 내가 물건을 사들이지 않는 편이다. 없으면 없는 대로 좀 옹색하게 지내는 편이다. 많은 것도 힘든다.

주위에서 세상을 떠나는 사람들을 보면 나이 먹을수록 줄이고 없애는 게 맞는 것 같다. 내가 떠나면 내가 쓰던 이 너저분한 살림살

이와 짐들은 어떻게 할까? 자식들이 와서 없애버리겠지. 새것도 못 사고 아까워 버리지도 못하던 나의 물건들을 누군가 와서 폐기 처분할 것이다. 그때를 생각하면 아예 다 정리하고 빈 몸으로 지낼 수 있었으면 좋으련만, 아까도 말했지만, 사는 동안은 정말 필요한 게 많다.

드디어 가는 날, 아들이 승합차를 빌려왔다. 그 많은 짐을 차곡차곡 싣고 사람은 더 탈 수도 없어, 문 앞에서 이별했다.

차 엔진 소리가 날 때 나는 손녀들을 안고, 볼에 입 맞추고, 가서 착하고 건강하게 잘 지내고 있으면 할머니가 들어가든지 너희가 나오든지 하자고 손을 흔들었다. 딸이 "인터넷에 애들 사진 많이 올릴게요" 한다. 그렇게 염려와 기대와 짐을 싣고 이삿짐은 떠났다.

들어와서 저희 방에 들어가 보니, 매트리스 위에 이불과 베개들이 그대로 있고 이사 간 것 같지가 않았다. 다행인지 불행인지…. 저녁에 또 들어와 잘 것만 같았다.

며칠 전, 존경하는 남편을 여읜 사모님의 말이 떠오른다. "영구차 뒤에는 이삿짐 차가 따라가지 않습니다."

맞는 말이다. 마지막 여행 때는 그렇게 힘들게 싸는 이삿짐이 없다. 홀몸만 간다. 마지막을 준비하는 우리에게 생각하게 하는 말이 아닌가. 다 버리고 갈 우리는, 지금부터 생각보다 더 많이 덜어내 버리는 연습을 해야 할 것 같다.

엄천강 목백일홍

옥희 언니

고향 옛 모습과 동네 꼬마들

40년 만에 LA에서 옥희 언니를 만났다. 언니와 나는 한 골목에서 태어나 자랐다.

아버지가 일찍 돌아가신 언니 형제는 칠 남매였고, 우린 팔 남매였다. 다 어렵게 살 때지만 언니에게는 부엌살림 소꿉 장난감이 있었다. 밥그릇, 국그릇, 특히 작고 까만 무쇠솥은 눈에 띄게 귀여웠다. 열 살쯤 될 때까지 골목에 가마니를 펴고 소꿉놀이를 많이 했다.

얼굴이 갸름하고, 키 150cm 정도에 나보다 두 살이 많다. 천성이 착하고 부지런하여 우리 집에 놀러 왔다가 일거리가 있으면 바로 같이 거들었다.

밭에서 김을 맬 때나 개울에서 야채를 씻을 때는, 성경 얘기를 많이 해줬다. 얘기가 의미가 깊고 재미가 있어 나는 나중에 언니를 따라 교회를 다니기 시작했다. 언니는 스무 살쯤에 둘째 오빠를 따라 서울로 갔다.

그동안 어떻게 살았느냐고 묻는 내게, 쉽사리 꺼내지 않던 살아온 얘기를 시작한다. 상경하여 몇 년 후 경기도 광주의 어느 농촌으로 시집을 갔다. 키 작은 원이라도 풀 듯 훤칠하고 얼굴빛이 하얀 남편을 만나, 딸 셋을 낳고 살다가 갑자기 남편이 병으로 세상을 떠났다.

살길이 없어 세 아이를 데리고 큰댁으로 들어가, 농사일을 거들며 살았는데, 이번엔 본인이 병이 났다. 남편도 없는 여자가 배가 불러오니, 그럴 사람 같진 않은데 하면서도, 주위에서 보내는 곁 눈길이 따가웠다.

세 딸을 위해 참고 열심히 일했지만 배가 점점 더 불러오고 고통이 극심해지니 나중엔 딸들도 눈에 보이지 않았다. 아이들을 위해 죽을 수도 있겠다고 생각했는데 막상 죽게 되니 자식도 뵈지 않더란다.

오빠 집을 향해 나설 때, 큰동서가 손에 5000원 지폐 한 장을 쥐어줬다. 어떻게 온 줄도 모르게 도착하여 올케언니가 근무하는 병원에 입

원해서 수술했다. 자궁에 물혹이 생겨 커지면서 배가 불러왔었다.

몸이 좀 회복되자 아이들이 걱정되어 서둘러 집으로 돌아왔을 때 또 한 번 까무러칠 뻔했다. 세 살배기 막내가 죽고 없었다.

농촌에서 일손은 바쁜데, 시아주버니 내외는 어린 아기를 데리고 밭엘 갈 수가 없었던 모양이다. 방에다 먹을 것과 아이를 두고 문을 잠그고 가서 일을 마치고 돌아와 보니 아이가 죽어 있었다는 것이다.

언니는 아무 말도 못하고 뒷산으로 올라가 소나무를 붙잡고 하늘을 향해 통곡했다.

'하나님, 우리 ○○이 왜 죽였어요, 내가 아이들 잘 키우겠다고 그렇게 다짐했는데, 왜 데려가셨어요.'

해가 질 때까지 나무를 잡아끌며 울부짖다가, 저물어서 돌아와 짐을 쌌다.

얘기는 진행되는데, 내 마음은 그 상황을 도저히 수용할 수가 없다. 눈물만 나고 목 안에 뻣뻣한 것이 치밀어 가슴에 숨이 들어가지 않는다.

이후 올케언니가 알선해준 학교 식당에서 일하게 됐다. 아이가 둘이 있는데다 학교가 열악하여 살 만한 방이 없었다. 빈 창고를 정리하고 군용침대를 들여놓고 연탄난로를 피우며 지냈다. 너무 춥고 아이들이 침대에서 떨어질까 봐 깊은 잠을 잘 수도 없었는데, 연탄가스 중독으로 위독한 일까지 몇 번이나 겪었다.

그래도 기숙사 학생이 아프거나 외출했다 늦게 돌아오면 밤늦은 때라도 밥을 꼭 챙겨 먹이는 따뜻한 집사님으로 칭찬을 듣고 있었다.

언니의 둘째 오빠가 미국 이민을 갔다. 몇 년 후엔 어머니와 여섯 남매 전부를 초청했다. 오빠는 목회자였고 올케언니는 간호사였다. 넓지도 않은 집에 30명 가까운 식구가 함께 살자니, 거실도 주방에서도 용신할 수가 없었다. 아침이면 뜰과 마당엔 소변 냄새가 진동했다.

여자들은 손수레를 끌고 시장에 가서, 신선도가 떨어졌거나 따버린 채소겉잎들을 주워 모아 싣고 와서, 소금만 넣고 양념은 넣는 둥 마는 둥 김치를 담가도 사흘이 못가서 떨어졌다. 오빠는 매일 직장과 살집을 알아보고 마련하여, 한 집 두 집 이사를 시켰다.

담담히 얘기하던 언니가 음성이 흔들린다. "우리 오빠, 언니의 은혜를 생각하면 내 머리카락을 잘라 신을 삼아 드려도 못다 갚는다.” 언니가 울먹인다.

“언니는 무슨 일을 했어?”
“봉제 공장에 다녔어.”
“말도 안 통하는데 어떻게….”
“견본을 보고 열심히 하면 돼.”
“고생 많았겠다.”
“아니 여기 와서는 고생 안 했어.”

이민 1세대들은 입만 열면, 그들이 미국에 정착하기까지의 고생은 말로 할 수가 없다면서 입에 침을 튀기는데, 언니는 한국에서 상흔이 얼마나 깊었으면 미국에서의 고생은 고생이 아니란다.

무슨 위로도 할 수 없어 머뭇거렸다. 남편이 병사했다는 소식은 들었지만, 이렇게 모진 고생을 한 줄은 몰랐다. 몰랐던 것도 미안하고, 내 삶이 힘들다고 불평했던 일도 염치없다. 너무 편하게 산 것 같아 빚진 죄인처럼 고개를 숙이고 언니를 똑바로 보지 못했다.

살결이 희고 몸매 늘씬한 두 딸은 간호사와 치과 교정사가 되었다. 사위들은 변호사와 회사중역인 교포다. 외손녀를 돌보며 큰딸과 같이 지내는 언니는 맘이 편해 보였다. 바글바글한 파마머리는 아직도 검고, 단단한 몸매와 화장기 없는 얼굴엔 주름도 없다.

이민 온 사람들의 검소함이 대개 그렇듯 색 바랜 셔츠와 바지를 입고, 아침 준비를 하는 뒷모습이 한국에 사는 여인들보다, 더 옛날 모습이다. 내 모습은 많이 변했는데, 일찍 떠나온 언니는 그때 그대로다. 고향도 변했고 풍습도 많이 달라졌는데. 언니에게서 고향이 보이는 듯하다.

길가에 질경이 같고 작은 고추 같은 여자, 그런데도 고약하거나 사나운 면이 한구석도 없다. 웃는 모습은 여전히 순수하다. 고생이 많았던 만큼, 오래오래 건강하고 행복했으면 좋겠다.

풋고추, 애호박 두부를 넣은 된장 뚝배기를 가운데 놓고 식사를 했다.

"언니, 한국 안 잊었지?"
"그럼 어떻게 잊어",
"우리 골목 생각나?"
"그럼….."

문득, 해질녘까지 소꿉장난하던 그 골목길이, 동영상처럼 일렁인다. 저녁밥 짓던 매캐한 청솔가지 연기 냄새가 코끝을 스쳐간다.

엄천강 목백일홍

초등학교 동창회를 갔다. 보슬비가 내리는 아침, 서울에 사는 동창 십여 명이 강변역에 모여서, 버스를 타고 함양에 도착했다. 지리산 근처 유림면 엄천강 둔덕에 새로 지은 식당에서 숙식하게 된다.

"여기가 엄천강!"

그 말을 듣는 순간 가슴이 멈추는 듯했다. 나에게는 엄청난 기억이 있는 강이다.

여덟 살 때 동리 사람들은 대부분 뒷산을 넘어 안쪽에 있는 마을들로 피난하는데, 우리 가족은 산세가 깊은 지리산을 피난 장소로 택하고, 아버지 고향 마천으로 향했다.

당장 필요한 물품 몇 가지와 양식을 짊어지고, 여동생은 어머니가 업고, 남동생은 셋째 오빠가 짊어진 배낭 위에 태우고, 나는 걸어서 유림면 행토고개라는 곳까지 왔다. 거기서 우리 동리에서 이곳

97

으로 시집온 섭이고모를 만난다.

고개 위에 야산을 깎아 일자로 지은 그분 집에 쉬면서 마천 소식을 들었다. 지리산이 치열한 격전지가 되면서 마을마다 소개령疏開令이 내려졌고, 폭격과 화공火攻으로 초토화가 되었다고 했다.

이러지도 저러지도 못하고 당분간 그 집에서 같이 지냈다. 이 동리에는 옹기굴이 있는데 두 줄로 길게 불룩하니 언덕배기로 뻗어 있었다. 옹기굴 불빛이 낮엔 잘 보이지 않지만, 밤이면 활활 타는 모습이 무섭고 대낮처럼 밝게 했다.

밤마다 이를 본 제트기와 B-29 비행기에서 총을 쏘아댔다. 지금 생각하면 전쟁 중에 위험하게도 왜 그 일을 계속했는지 모를 일이다.

우리는 쏜살같이 집 뒤란, 언덕과 집 사이에 피해서 두근거리는 가슴으로 숨을 죽였다. 순박한 섭이고모는 우리와 자기 남편의 숨는 모습을 보고 허리를 쥐고 웃어댔다. 오빠는 저 아주머니가 이 상황에서 숨지도 않고 왜 웃느냐고 못마땅해했다.

"쌔-앵"하고 비행기 소리가 나서 쳐다보면, 하늘엔 하얀 줄과 탄피만 떨어질 뿐, 비행기는 벌써 지나가고 없었다. 그때의 그 무서움과 불안은 평생토록 잊히지 않는다.

세상에서 제일 싫은 게 전쟁이고, 전쟁만 없으면 걱정이 없겠다고 생각했다. 빨리 전쟁이 그쳤으면 좋겠고, 그럴 줄로 알았다. 그 상황에서도 서울에 있던 두 오빠를 기다려도 소식이 없고, 오지 않았다.

엄천강은 물이 깊어 유유히 흘렀다. 무척이나 더운 여름, 그 댁 큰아드님은 하릴없어 낚싯대를 들고 강으로 가서 시간을 보냈다. 어떤 날은 내 팔 길이에 장정 손바닥 넓이만 한 물고기를 잡아와서, 전쟁 중에도 그날 매운탕은 참 맛있게 먹었다.

강의 풍광이 가장 좋은 곳에 예쁜 정자가 있었고. 그 옆에 큰 목백일홍木百日紅이 연륜을 자랑하며 품위 있게 서 있었다. 여름내 붉게 핀 그 꽃이 내 일생 뇌리에 남아있다. 우리 마을에선 주로 일년생 화초만 보다가 큰 나무에서 빨간색의 꽃이 피는 것이 참 귀하게 보였다.

굽은 듯이 올라간 둥치와 뻗어나는 가지는 묘미와 운치가 있고, 나무 표피는 단단하고 매끄럽고 여름 군복 무늬처럼 알록달록했다. 100일 가까이 핀다고 하여 백일홍 혹은 배롱나무라고 하는데, 일년생 화초 백일홍과 구분하기 위해 목木백일홍이라고 한단다.

나무를 손으로 조금만 만져도 가지 끝까지 가늘게 흔들려 간지럼나무라고도 했다. 꽃 색은 빨강, 보라, 분홍, 흰색 등이 있고 꽃말은

"떠나간 벗을 그리워하다"라고 한다.

몇 년 후 섭이고모는 혼자 우리 동네로 왔다. 남편은 병으로 별세한 뒤 큰일을 겪었다.

사건 당일 군인들이 장정들을 불러내어 큰 구덩이를 파게 한 후 자기와 다섯 아들과 300명이 넘는 동리 사람들을 한꺼번에 몰아넣고 수류탄과 박격포와 기관총을 난사해 죽였다.

한참 후에 정신이 들었다. 갑갑하여 헤치고 나온 뒤 혼자 친정 동네로 왔다고 했다. 아주 가끔, 막내아들 이름을 부르며 목이 뻣뻣해져 차마 소리도 나지 않는 울음을 삼키는 것을 보았다.

목백일홍.

슬픔과 그리움을 간직한 이 꽃을 볼 때마다 나는 연민의 정을 느낀다. 꽃말처럼 무고히 죽어간 임을 그리워하며 오늘도 엄천강은 소리 내며 흐르고 있었다.

산야도 변하고 길도 달라진 이곳 사정을 동창들에게 물어도 모른다. 알만한 분을 만나지 못했다. 그 정자와 목백일홍은 어디쯤 있었으며 어떻게 되었는지 알 길이 없다. 함양읍에 사는 오빠에게 전화로 물어보았다.

"강 이름이 엄천강이에요? 음천강이에요?" 엄할 엄嚴, 내 천川 엄천강이라고 한다.

"행토 재(고개)에요? 향토 재에요?" "행토인지 향토인지, 옹기 만드는 흙이 황토 아래 백토를 파서 만드는데 보이는 땅이 황토라서 황토 재인지, 잘 모른다"고 하며, "그 지긋지긋한 추억을 뭣 하러 생각하려 하나"고 한다.

강의 너비는 우리 동네 왕숙천만 하다. 그러나 새로 쌓은 둑도 모래도 물도 왕숙천보다 깨끗하다. 물은 옛날보다 적고 백로 몇 마리가 노닐고 있었다.

세인들의 관심사로 가끔 떠올리는, 6·25 다음 해 2월에 있었던 '산청 함양사건'이다.

'거창 양민 살해사건'과 비슷한데, 이곳은 아직도 정돈되지 않은 채 명예를 찾지 못하고 있는 것 같다. 64년이 지난 지금도, 남북관계는 날을 세우고 대치상태에 있고, 정전협정을 깨뜨리니 하면서 핵무기로 위협하고 있다.

대체 누굴 위한 전쟁이며 그렇게 해서 무얼 얻자는 동족상쟁인지, 그때 여덟 살이던 동창들의 손자가 군대에 간 아이도 있다. 언제까지 이 슬픈 역사를 후손들에게 물려줄 것인지, 안타깝고 답답할 뿐이다.

총성과 폭염 속에서도 한결같이 붉은 꽃을 피우던 백일홍!

이듬해 2월에 그 끔찍한 현장을 보았을까. 낚시하던 큰형, 멱을 감던 막내, 눈에 익고 귀에 익은 할아버지와 아기들의 비명이, 하늘에 사무칠 때 얼마나 떨었을까.

가엾은 백일홍!

집도 사람도 없어지고 그늘에 와서 놀고, 나무에 기어올라 간지럽 태우던 개구쟁이도 없어진 날에, 붉은 꽃잎을 흩날리며 떠나간 임을 그리워하며 작은 가지 끝까지 파르르 떨었을 것이다.

내 마음에서 지지 않는 꽃, 눈에 선한 붉은 꽃 백일홍이여!

그때 그 설

내 마음 깊은 곳에, 그리운 두 단어가 있다, 어머니와 고향.

부산 이모댁 방문 당시. 사진 왼편부터
이모, 어머니, 나머지는 이모 가족

이 두 단어가 겹쳐지는 그림이 있는데 내가 살던 고향 집이다. 나는 가끔 타임머신을 타고 그곳엘 간다.

어렸을 적 추억 중에서 설날을 빼놓을 수가 없다. 설 대목이 되면, 어머니는 이불 빨래와 식구들 의복과 설음식 준비하시느라 정신이 없다. 어머니를 도와 대청소하고, 문창호지도 새로 바르며 식구들은 함께 바쁘다. 5일장과 상관없이 날마다 장이 열린다. 장에는 예전에 나오던 물건 외에, 예쁜 옷들과 양말, 신발들이 많이 나온다, 차례상에 올릴 과일과 생선들, 여느 때 보기 드문 예쁜 과자들도 많이 나와 보는 눈이 모자랄 지경이었다.

동리 가운데 느티나무 아래는, 집집마다 한 사람씩 쌀과 콩 주머니를 들고 줄을 서서, 뻥튀기 순서를 기다리고, 아저씨는 놀라지 말라고 "뻥이요" 하며 연신 뻥뻥 튀겨도, 줄은 짧아지지 않았다. 온 동네 아이들 다 모여 한 줌씩 주어먹느라 신이 났었고, 어머니는 엿을 고와 식혜두고, 엿밥을 끓여 주셨다. 엿물을 짠 건더기에 물을 넣어 끓인 달착지근하고 부드러운 그 맛이 지금도 생각난다.

튀겨온 쌀이나 콩에 엿을 녹여 섞어서, 넓은 도마 위에 쏟고 홍두깨로 얇게 밀어, 식으면 칼로 네모 혹은 마름모꼴로 잘라서 과자를 만들었다, 명절이 지나고 나중까지 먹던 그 과자와 식혜는, 지금도 입에서 침이 고이게 한다.

떡국을 위한 가래떡은, 먼저 쌀을 불려 절구에 빻아 체로 치고. 쌀가루를 시루에 쪄서 떡메로 쳐 이겨서 손으로 둥글고 길게 비벼 가래떡을 만드는데, 식지 않았을 때 말랑한 것을 한 토막 꿀이나 참기름을 발라 먹으면, 혀는 정신을 잃었었다. 쌀이 귀하던 때라. 많이 먹기는 어려웠다,

큰 기와집 목욕탕 있는 집에 말씀드려, 한 아름 장작을 안고 가서 바깥 골목 쪽으로 나있는 아궁이에 불을 지폈다. 작은오빠와 나는 서로 부지깽이 뺏어가며 얼굴이 발그레하게 불을 쬐며 물을 데웠다. 탕 가득 물이 데워지면, 어른부터 식구들 전부가 차례대로 목욕을 했다.

겨울 한가운데쯤 추운 날, 전등불 처마에 매달고 설 준비하시던 어머니는, 이따금 사립문 쪽을 내다보시며, 객지에 있는 아들들을 기다리셨다. 그믐날 늦게까지 기다리다가 한숨을 쉬며 실망하시는 때도 많았다.

다행히 아들들이 온 세수歲首엔 온 집 가득히 그렇게 기쁠 수가 없다. 공부하는 아들이 와도 기쁘고 돈 버는 아들이 선물 보따리를 들고 오는 그믐날은 어느 부자도 부럽지 않았다. 6·25 한국전쟁이 나기 전까지는 셋째 오빠였던 지금의 큰 오빠가 진주농업학교에 다니고 있었다. 나는 그 오빠를 '진주오빠'라고 불렀다.

넷째 오빠는 대구에서 방직공장엘 다녔는데, 그해 설에는, 아버지 돋보기와 어머니 베이지색 털스웨터, 내 고무구두와 남동생 국방색 나일론 점퍼, 막내 여동생 빨간 스웨터와 고무구두를 사 왔다. 방안 가득히 펴놓고 온 식구 얼굴에 함박꽃이 피었는데, 나는 오빠가 돈을 벌어 이렇게 많은 선물을 사와서 고맙기도 했지만, 어린 마음에 남동생과 여동생보다 내 선물이 작다는 생각에 섭섭해서 입을 쑥 내밀고 있었다. 어머니는 "오빠가 힘들게 일해서 선물을 사왔는데 고맙게 생각해야지" 하시고, 오빠는 "다음엔 더 좋은 선물 사다 줄게"라고 위로해줬다.

늘 검정 고무신만 신다가 나비모양의 리본이 양쪽 새끼발가락 부분 발등 위에, 엇비슷 예쁘게 붙어있는 옥색 고무구두가 막 신제품으로 유행하던 때라, 그 고무구두 생김새를 나는 지금도 기억하고 도화지에 그릴 수도 있을 것 같다.

온 동리 집집마다 부침이 냄새가 진동하고, 모처럼 기름 있는 음식을 본 아이들은 절제하지 못해 배탈 나는 수가 많았다.

그믐날 밤에는 잠자면 눈썹 희어진다고 오빠들이 겁을 줘서 음식준비하는 엄마 곁에서 잠을 안 자려고 애쓰다가, 다음날 눈 떠보면 설날 아침이었다.

꼬까옷 입고 차례 모시고 부모님께 세배하고 덕담과 세뱃돈을 받고, 아버지와 오빠들은 어김없이 산소에 성묘한다. 나는 여자라서 갈 때도 있고 안 갈 때도 있었다. 다녀와서는 집안과 동네 어른들께 세배를 다녔다.

세배를 하면, 어떤 집에서는 음식을 차려 주기도 하고, 어떤 댁 어른들은 운 좋게도 세뱃돈을 준다. 그리고는 꼭 하시는 덕담은, "새해에는 건강하고 공부 잘해라"였다. 고운 한복에 하얀 앞치마를 두른 새댁들은 떡국과 음식을 차려 예쁜 상보를 덮어 받쳐 들고 집안 어른들이나 평소에 고마운 분들께 세배나 인사를 한다.

그렇게 오전이나 그날 하루 시간을 다 보내고, 오후나 다음 날부터 는 윷놀이, 널뛰기, 연날리기, 제기차기 등 본격적으로 설 놀이가 시작된다. 보름이 될 때까지 그렇게 재미있게 모여서 놀았다.

보름날에는 소나무 잘라다가 달집 짓고 불로 태워 그해의 건강과 행운을 기원했었다.

벌써 11월이다. 또 한 해가 저물어 간다. 어릴 때 그토록 기다려지 고 행복했던 설이 이젠 반갑지가 않다. 그때 그렇게 맛있던 음식도 이젠 맛이 없고 나이도 한 살 더 먹는 게 싫어졌다.

내가 자랄 때에는 상상도 할 수 없는 세상에서 살고 있다. 지금은 물질과 음식이 풍요롭고, 문명의 이기利器로 편해졌다. 하지만 그 때처럼 기쁨과 여유로움이 없으며, 채워지지 않는 마음은 왜일까?

확실히 알 수도 없고, 할 수도 없는 나는 타임머신을 타고 그때 그 곳에 달려가 자리하고 싶다. 참으로 정겹고 행복했던 시절이었다.

토정비결

토정土亭 이지함(李之菡, 1517~1578) 선생은 조선 선조 때 학자이다.

옛날 동리 모습

포천 현감과 아산 현감을 지냈는데, 청렴한 생활을 하면서 빈민구제 정책에 힘썼다. 후일 '토정비결'이라 불리는 도참서圖讖書*를 쓴 동기도, 궁핍한 백성들에게 희망을 잃지 말고 매사에 최선을 다하며 조심하며 살라는 취지였다. 조선 후기부터 정월 초승이 되면 이 책으로 그해 운세를 점쳐보는 것이 세시풍속이 되었다.

정초가 되면, 우리 집에는 세배하러 오는 사람들이 많았다. 세배를 와서 덕담도 주고받고, 가족 근황과 안부도 묻고, 약간의 음식도 먹으며 담소하다가, 나중엔 그해의 운세를 알아보는 토정비결을 봤다.

우리 집에는 토정비결 책이 있었고, 아버지는 원하는 사람에게는 생년월일을 물어 공식에 맞춰서 점괘를 찾아 풀어줬다. 몇 번 번호를 찾으면 그 페이지에 나오는 그 해 총괄적인 신수를 표현하는 하나의 괘가 있고, 또 1월부터 12월까지 달마다 운수를 나타내는 글들이 있었다.

시험 칠 아들이 있는 사람, 군의원·면의원이라도 출마하고 싶은 사람, 이사를 하려는 사람, 대토하고 싶은 사람, 사업을 해보고 싶은 사람들은, 더 열심히 듣고 믿는 듯했다. 북서쪽 혹은 동남쪽에서 귀인을 만난다든지, 몇 월에는 뜻밖에 재물운이 따른다는 등 좋은 괘가 나오면 좋아하고, 손재할 수가 있다거나, 목성·화성 등 어떤 성씨를 조심하라는 등 좋지 않은 괘가 나오면 걱정하기도 했다.

그런데 그 책은 크지도 않고 두껍지도 않았다. 그래서 내가 보는 중에도, 하루에 같은 번호가, 다른 사람에게도 나오는 수가 있었다. 말하자면 같은 운수인 것이다. 이 한 권의 책 속에, 세상 모든 사람의 운수를 다 나타내자니 겹치게 된 것이다. 그러면 같은 점괘를 받은 두 사람이, 그 해 같은 운명을 지냈었느냐 하는 것은 잘 모르겠다.

평생 양복점을 하시던 고운 모습에 예의 바르신 양자 아버님은, 건강이 안 좋으셨다. 그분과 미자 언니가 같은 괘가 나왔다. 미자 언니는 오지 않고 시집보낼 걱정을 하는 그 어머니가 와서 봤다. 뜻밖에 너무도 좋은 운이 나왔는데, '꽃가마를 타고 외국에 간다'는 말로 기억한다.

미자 언니 어머니는 "우리 미자, 금년에는 시집가겠다"고 좋아하시고, 양자 아버님은 "내게 이런 운이 맞겠느냐"고 의아해하셨다. 그러더니 양자 아버님은 그해에 돌아가셨다.

다음 해 정초에 또 동네 분들이 모여 토정비결을 보며 대화를 나눴다. 자기 처지에 안 맞는 너무 좋은 운이 나오면 오히려 액운을 당한다는 얘기였다.

우리 아버지는 술을 많이 드셨다. 술을 드시면 의미심장하고 특이한 말씀을 많이 하셨는데, 개중에 이런 말이 있었다.

"거지와 조정 대신이 똑같은 점괘가 나왔단다. '그해 봄에 운수 대통할 것'이라고."

거지는 그 봄에 잔칫집을 만나 따뜻한 밥상을 한 번 후히 대접 받았고, 대신은 왕으로 등극하였단다.

나는 나중에 종교를 갖게 되었고 이제 이런 점괘는 믿지 않지만,

우리 형제 모두 신앙을 하니, 그 검누렇고 얇은 한지의 토정비결 책은 어떻게 되었는지 갑자기 궁금해진다.

발 디딜 틈 없이 한 방 가득 모여 토정비결을 보던 사람들, 특히, 아주머니들은 차례가 오면 식구 모두를 다 봐달라는 성화에 봐도봐도 끝이 없던 순서를 기다리던 그분들, 그해 운수뿐 아니라 말년의 형편은 어떠하신지, 그토록 염려하며 빠짐없이 봐달라던 그 자녀들도, 토정 선생님의 의도한 대로 매사에 조심하며 근면 성실하여 복 받고 잘 사는지 궁금하다.

돋보기를 벗었다 쓰시기를 수없이 반복하시던 아버지와 그 방안 모습들이 연말연시만 되면 내 마음속에 명화名畫처럼 떠오른다.

* 圖識書 : 장래의 길흉을 기록한 책

나의 아버지

아버지는 지게를 못 지셨다. 오빠들의 몸에 맞게 초등학생, 중학생, 어른이 질 만한 크기의 지게를 살갑게 만드셨지만, 본인은 지게를 못 지신다.

하교한 조카 재호가 닭장에서 계란을 꺼내고 있다.

학교에서 돌아온 오빠들이 나무하러 가서, 해가 지도록 안 오면 어머니는 부엌문을 드나들며 걱정을 하신다.

어쩌다 한번은 아버지가 마중을 가신다. 초등학교에 다니는 작은 오빠가 해온 나뭇짐과 지게를, 한 손으로 등에 뫼고 동리 사람이 볼까 봐 길로 오지 않고, 대밭 뒤로 빙빙 둘러 집으로 오셨다.

심부름을 시키실 때면 할 말을 일러주시고, 한번 말해보라시며 토

씨라도 틀렸으면 고쳐준다. 돌아오면 뭐라고 말씀드렸느냐고 물어보신다. 아버지가 부르시면 두 번 부르게 하지 말고, 곧 대답해야 한다. 밥을 먹다가도 어른이 부르면, 밥을 뱉고 대답해야 한다고 말씀하셨다.

해마다 농사지은 곡물을 정부에 공출할 때가 있었다. 어느 해인가 배당된 벼를 싣고 면사무소로 가셨는데, 어찌 된 일인지 우리 몫이 이미 낸 것으로 기입되어 있었다. 면서기가 "다 내었으니 가지고 돌아가라" 하는데, 아버지는 "내가 내지 않았는데 누가 냈단 말이냐"고 기어이 내고 오셨단다.

봄이면 보릿고개 넘기가 힘든 어머니와 이웃 아주머니들은 "참 답답한 어른"이라고 안타까워하시고, 아버지는 "누가 뭐래도 나는 속이 시원하고 편하다"고 말씀하셨단다.

도장을 잘 파시고, 감나무 접붙이기와 토마토 농사도 잘하셨다. 누구든지 눈에 티가 들어가 아파하며 꺼내달라고 오면, 누에고치를 부풀린 명주솜으로 닦아내어 신기하게 꺼내주셨다.

잔치가 있는 집에서 건문어를 오려달라고 가져오면, 잔치 이틀 전날 젖은 보자기로 싸서 아랫목에 녹여서, 다음 날 거의 하루를 걸려 꽃 모양으로 오려서, 화관처럼 꾸며 잔칫상에 올리신다. 잔칫날엔 식순과 예법들을 지도하신다.

이렇게 하시고는 값은 술대접으로 받으셨다. 동네에 잔치가 있는 날은 어머니와 우리에게는 근심의 날이다. 평소에는 절대로 실수가 없으신 분이 술에는 약했다. 여느 때 잘못된 일이 있으면, 상스런 언어는 사용 않지만 큰 소리로 지적하고 나무라신다. 취중이니 아무도 대항은 않지만, 민망하고 송구하기 그지없다. 어머니도 쥐죽은 듯하시고, 오빠들도 혼날까 봐 다 숨는다.

전 재산 같은 돼지 새끼 여섯 마리가, 토실토실 자라며 마당과 텃밭을 뒤지고 돌아다닐 때였다. 아침 등교시간에 화장실이 가고 싶었는데, 작은오빠가 나보다 먼저 변소에 들어가 있었다. 할 수 없이 뒤쪽으로 돌아가 오물을 퍼내는 곳에, 송판 가리개를 밀고 볼일을 보고 학교에 갔다.

저녁 때 들어오니 구수한 고기 냄새가 진동한다. 온 식구가 고깃국에 식사를 하면서, 아버지가 나를 부르셨다.

"너 아침에 변소에 갔었느냐,"

"아뇨, 작은오빠가 들어가 있어서 나는 뒤쪽에서 봤어요."

"그럼 그쪽 문 잘 막았느냐?"

"앗! 아니요, 잊어버리고 그냥 갔어요."

"됐다, 어서 밥 먹어라…."

귀여운 새끼 세 마리가 빠져 죽었는데…, 고깃국을 나는 먹을 수가 없었다.

초등학교 5학년이었다. 국어시간에 선생님이 칠판에 '배울 학學'자를 한문으로 쓰셨다. 나도 처음으로 한문을 써보고 싶었다. 썼다기보다는 보고 그렸다.

방과 후에 방바닥에 배를 깔고 숙제를 하는데, 아버지께서 내 노트에서 '학'자를 보셨다. 아버지는 노트에 한자로 '학'자를 써주시며, 순서를 따라 써보라 하셨다. 다시 쓰라고 계속하셨고 나는 손이 떨렸다. 아무 말 없이 열 번도 더 하신 다음 드디어 홀쩍 뒤로 누우시며 "후유, 이제 거의 됐다" 하며 끝냈다.

아버지는 내겐 한 번도 혼낸 적이 없지만 그래도 나는 늘 무서웠다.

구한말인 1905년에 함양군 마천면 지리산 자락에서 태어나셨다. 같은 군 수동면에는 학교가 있고 개교 후 첫 번째 여학생이었던 어머니와 혼인하셨다. 손에 물 한 방울, 흙 한번 만져보지 못한 막내끼리 혼인하셨다.

일제강점기를 지나며 재산은 몰수되고 세상은 달라져 갔다. 아들 둘을 낳았을 때 자식들 공부를 시켜야 한다며 외가 마을 수동으로 분가했다.

한학漢學만 공부하신 아버지는 일도, 장사도 못 하셨다. 일본으로 만주로 다니셨지만, 그럴 때면 집에 일이 생겨 불러들였다. 마음처럼 되지 않았다. 해방이 되는가 하더니 이내 사변이 나서 서울에 있던 큰오빠 둘이 영영 돌아오지 못했다. 그날 이후 우리 집은 늘 구름이 껴있었다.

도장을 파는 일과 문어를 오리는 일, 상 차리는 법 같은 일은 생계의 도움으로 활용하려 했는지도 모른다. 그러나 차마 돈은 받지 못하고, 도와주고 술대접 받는 것으로 끝났다. 가끔은 주정을 하며 슬퍼하셨다. "아버님, 아버님"하고 할아버지를 부르시다가, 어떤 날은 사변 때 잃어버린 큰오빠들을 그리워하셨다.

본인은 생활능력이 없지만, 두뇌와 체격이 빠지지 않은 건장한 아들들이 내리 다섯이 났으니, 그들이 속히 자라길 바랐었다. 그러나 전쟁이 나서 장성한 자식마저도 잃어버리고, 철부지 어린것들만 어깨를 무겁게 눌렀으니, 취하고 우셨나보다고, 훗날 짐작해 볼뿐이다.

아버진들 오죽했으랴, 조금만 일찍 태어났어도 편한 시대를 살았을 테고, 한 세대 훗날에만 났어도, 학교 교육받아서 잘 적응하며 사셨을 텐데…. 과도기에 처가 동네까지 와서, 체면 극복을 못하고, 할 일 없이 슬픈 세월을 보내셨으니, 얼마나 한이 많았으랴. 요즘 말로 하면 극한 우울증이었을 것이다.

53세 되던 해, 아무래도 더 이상할 일도, 기대도 없었을까. 고향에 가서 옛 친구들과 나이 비슷한 조카들과 산에 오르길 좋아하셨다.

산이 좋기도 하거니와 약초와 버섯 채취도 취미 삼아 하시겠다고 가신지 며칠 못 되어 사고가 났다.

이튿날 어머니와 오빠들과 작은 외삼촌이 가서서, 장례를 치르고 오셨다. 비 오는 날이었다. 빗물이 몸으로 얼굴로 흘러들었을 걸 생각하면…, 비만 오면 나를 괴롭혔다.

마루에서 부엌으로 가는 섬돌벽에 작은 간이칠판이 걸려있었다. 큰 외삼촌께서 분필을 쥐고 칠판에다 한시漢詩를 쓰셨다.

"너무도 깨끗한 영혼이 세상에 살기 힘들어
어릴 적에 놀던 옛 산에 올라
신선이 되어 하늘로 올라갔다"며 어머니를 위로하셨다.

그때 열 살이던 남동생이 자라서 성묘를 다녀왔다. 선산 증조할
아버지 묘비명에 "가선대부 병조참판"이라고 새겨져 있었다고 했
다. 어머니와 혼인하실 때 아버지의 외가와 진외가도 진사를 지내
셨고, 두 외가가 다 천석 부자셨다고 하셨다. 외할아버지는 사위를
무척 자랑스러워 하셨단다.

홍채를 검사하시던 선생님이, 나에게 부계를 닮았다고 했다. 어머
니보다 아버지 편을 많이 닮았단다.

내가 그때의 아버지셨으면 나는 어떻게 살았을까. 활발하게 잘 적
응하며, 아무 일이나 잘하며 씩씩하게 살았을까. 지금 나도 장사하
는 성격이나 생활능력이 없다. 영락없는 아버지 딸이다.

"죄송합니다."

그리고 내가 아버지 닮아 잘하지 못하는 말,

"사랑합니다. 얼마나 암담하고 외롭고 힘드셨어요? 아버지…"

118

감나무 이야기

휘늘어진 붉은 감은 가을의 깃발이다. 단풍이 시가 행렬이면 감나무는 기수이다. 5월에 감꽃이 떨어지고 녹두알만한 열매가 달린다. 잎사귀와 동색으로 여름내 굵어지다, 가을이면 주황색으로 변한다.

가을이라는 그림에 빨간 감이 없다면, 주인공 없는 무대 같지 않을까. 늦가을 낙엽 지고 감만 달린 나무를 멀리서 바라보면, 쪽빛 하늘에 진홍색 단추들이 반짝이는 것 같다.

집을 짓고 마당에 단감나무를 사다 심었다. 좁고 그늘진 탓인지 가늘게 자라더니, 3~4년 후에 겨우 몇 개가 열렸다. 굵은 단감을 기대했는데, 큰 메추리 알 크기의 깡마르고 푸르뎅뎅한 것이, 내 눈에 영락없이 떫은 돌감이다. 당장 베어버리고 싶었지만, 베기도 힘들고, 그런대로 삭막한 가을보다는, 작은 열매라도 볼 수 있겠다는 심정으로 그냥 두었다.

해가 거듭될수록 주저리주저리 열렸지만, 매달린 채로 내버려 두거나 벽에 걸어놓으라고, 두세 가지씩 크게 꺾어서 2층 젊은이에게도 주고, 지인들에게도 아낌없이 선사했다.

6~7년이 지난 후, 가지를 꺾다가 무심코 한 알 깨물어 보았더니, 뜻밖에도 단감이었다. 이렇게 못난 것이 단감이라니 놀라웠다. 씨가 무척 많고 달고 연하다. 그동안 푸대접한 일이 미안해서 설명을 하며 지인들께 나누었다. 이젠 그들이 가을만 되면 은근히 감 안부를 물어온다.

어릴 때 우리 집에는 여덟 그루의 감나무가 있었다. 굵은 반시가 두 그루, 단감나무가 세 종류였다. 대봉과 돌감나무, 나중에 남동생이 접붙인, 한 그루에 두 종류의 감이 달리는 또 한 나무가 있었다.

아버지는 감나무 접붙이기를 잘하셨다. 좋은 감을 보시면 가지를 꼭 구해오셨다. 어린 고욤나무 밑동을 자르고 그루터기 쪽을 칼로 쪼개어 따온 가지 아래쪽을 얇게 깎아서 고욤나무 쪼갠 사이에 끼웠다. 단단히 밀착시키고 실로 동여매어 싸매었다. 접수 목에 어김없이 싹이 나왔다.

덕분에 우리 집은 동리에서 감 종류와 나무가 제일 많았다. 뒤란

장독대 옆에 키 큰 돌감나무는 가지 끝까지 빼곡히 열려 마치 큰 포도송이를 연상케 했다. 빨갛게 높이 솟은 이 나무는 멀리서도 알 수 있는 우리 집의 상징이었다. 해거리로 한해 걸러 많이 열렸는데 그해마다 오빠들이 결혼식을 하게 되어, 하객의 접대상에 앞앞이 감이 하나씩 올라있었다.

어느 날 집이 비었을 때, 한전 직원이 수금을 나왔다. 꽃밭에 서 있는 굵은 단감 가지를 꺾어 나오다가 마침 돌아온 내게 들켰다. 주먹같이 큰 감 세 개가 달린 가지였다.

얼굴이 홍당무가 된 키 큰 아저씨는 나를 보고 얼마나 무안했던지, "감이 너무 굵어서…"라며 말끝을 흐린다. 나는 "그래도 그건 아니지요" 하다가, "그냥 가져가세요"라고 했다. 지금도 큰 단감을 보면 그때 일이 생각난다.

추수와 김장이 끝나면 감을 딴다. 오빠는 망태를 메고 간짓대를 들고 나무에 오른다. 간짓대 끝을 쪼갠 사이로 감 가지를 끼워 돌리면 가지가 꺾인다. 그렇게 따 담은 망태를 내리면 나는 받는다.

파란 하늘에서 휘파람을 불며, 주홍색 감을 따는 오빠는, 동화책 그림 같았다. 감과 함께 가을을 따 담으며 우린 참으로 흐뭇했다. 떨어져 깨진 감과 성한 것들을 섞어, 이웃에 돌리며 신이 났다.

우듬지 위의 몇 개는 까치밥으로 남겨뒀다.

홍시는 부드럽고 달콤하여 혀에 감긴다. 추위에 살짝 얼면 맛이 아이스크림보다 더 고급스러워서 손님 접대용으로도 그만이다. 홍시의 빨간 볼은 손자의 볼을 만지듯 손바닥으로 조심스레 쓰다듬어야 한다.

과일이 귀하고 비싸서 사먹을 생각도 못하던 때에, 감은 하늘에서 내린 선물이었다. 집주변과 밭둑에서 따로 가꾸지 않아도 풍성하게 열렸다. 늘 곁에 있어 귀한 줄도 모르면서 친근했다. 야채가 귀한 겨울에, 꼭 필요한 간식이면서 반 식량이었다.

길을 걷다가 담 안에 감나무가 서 있으면 저절로 발이 멈춰진다. 오랜 정인을 만난 듯 반갑다. 내 살 같고 피붙이 같은 느낌이다. "와! 감이다" 하는 소리가 절로 나온다. 사랑스럽고 고마운 감, 반갑고 그리운 감, 추억과 향수가 서린 감을 한참 쳐다보면서 정을 나눈다.

여행길 차창 밖으로 감나무를 보는 것도 가을에만 할 수 있는 즐거움이다. 밖을 내다보다가 감나무가 지나가면 눈은 끝까지 따라간다. 다 지나면 섭섭하여 또 다른 그것을 찾는다.

빨간 나무를 보는 것은 내 기쁨이다. 가을에 감이 있는 마을은 풍요롭고, 마음이 따뜻할 것이다. 윤택하고 넉넉할 것 같다. 겨울이 깊어지면 우듬지 위에 까치밥을 먹으러, 모양도 목소리도 깨끗한 까치들이 찾아들 것이다. 그 집은 아마도, 아랫목이 따뜻한 어떤 이의 고향집일 것이다.

나는 가을을 사랑한다. 그 중에도 감을 제일 좋아한다. 언제나 붉고 탐스러운 감을 먹기만 좋아했다.

내 생애에도 가을이 왔다. 삶은 나무와 같아서 열매를 맺는다. 내가 감을 좋아하듯, 남들도 좋아할 색깔 고운 열매가 내 나무에 열려 있을까. 훈훈하고 넉넉하며 풍요로운 성품의 열매를 탐스럽게 맺고 있을까. 소원의 나무에 가을만 깊어진다.

밤 줍기

의정부 산곡동에서 4년을 산 적이 있다. 몇 세대 안 되는 동네 입구
에는 굵고 맛있는 밤나무 네댓 그루가 있었는데, 내가 사는 집 텃
밭에도 이 밤은 떨어졌다. 대개 동네 근처에는 굵고 맛있는 밤나무
가 있다. 좋지 않은 나무는 키우지 않기 때문이다.

바람 부는 날이나 비가 올 때 더 많이 떨어진다. 비 오는 날은 우산
을 들고 새벽엔 손전등을 들고 주웠다. 빨갛고 반들거리는 밤은 줍
기만 하면 내 것이 되었다. 줍고 나서 한두 시간 후에 가면 또 그렇
게 널려 있다. 집에 앉아 있을 수도, 다른 일을 할 수도 없어 몸살이
날 지경이었다.

밤은 주워서 하루 이틀 지나면 벌레가 나기 때문에 빨리 먹든지 선
물을 해야 한다. 좋은 것을 골라 친척, 친구, 친지들에게 나눠주었
다. 큰딸이 고3 때 기숙사에 있었는데, 사감 선생님께 굵은 밤을 골
라서, 꼬투리째 딴 풋동부와 같이 보내드린 적이 있다. 지금도 만
나면 어떤 선물보다 잊지 못할 선물이었다고 말씀을 하신다.

밤꽃은 오월, 아카시아 꽃이 끝날 무렵 피기 시작한다. 꽃은 흰색 줄 모양이 칼국수 반 토막 같은 길이다. 칼국수를 끓여 불린 것을 나무 위에 끼얹어 놓은 듯 하얗고, 향기는 비릿하다. 완두만 한 열매가 달리면서 가시가 나고, 커지면서 가시는 빳빳해지고 익으면 바늘같이 날카롭다.

송이가 익어 벌어지면 알이 떨어지는데 껍질이 단단하고 질기며 매끄러워 칼끝도 미끄러져서 까기가 힘들다. 안에는 또 한 겹의 분홍색 떫은 보늬가 알맹이를 싸고 있다. 송이 껍질은 익을 때까지 알맹이를 보호하다가 임무가 끝나면, 찢어진 야구공처럼 힘없이 구르거나 바닷가 불가사리처럼 퍼져서, 별 모양으로 바닥에 널브러져 있다.

밤은 금방 떨어진 것은 붉은 갈색이고 윤기가 난다. 마치 장인이 잘 만든 목기에 고급 옻칠을 여러 번 한 것 같다. 시간이 지난 것은 색이 어둡고 윤기가 없다. 수분이 많은 밤은 씹히는 맛이 아작아작하고, 단단한 밤은 고소하고 오독오독 씹힌다.

한 송이에 한 알뿐인 외톨밤은, 크고 둥글어서 쥐면 손에 넘쳐 손가락이 닿히지 않는다. 주울 때면 환호성이 나온다. 두 알밤도 굵고 꽉 찬 것은 옹골차다. 세 알이 다 굵고 충만하게 잘 영근 송이를 보면 우리 아이 삼 남매를 보는 느낌이다.

떨어지는 소리도 각색이다. '똑'하고 떨어지면 작은 밤톨이고, '톡'하고 떨어지면 굵은 밤톨이다. '툭'소리를 내면 송이밤이고, 둔탁하게 '투-욱'하면 큰 송이 밤이다. 나중까지 매달려 있던 죽정이 밤송이는 소리도 들릴 듯 말듯 '픽'하고 떨어진다.

밤 철이 좀 지나서 산책길에 밤나무 밑을 서성일 때가 있다. 눈먼 밤이라도 있나 해서 둘러보면 한두 알 줍는 수가 있다. 약간 마른 밤은 야들야들하고 쫄깃쫄깃한 것이 달고 고소하다.

까칠한 사람을 밤 가시에 비유한다. 나는 어릴 때 밤을 싫어했다. 앞동산에 밤나무가 몇 그루 있었지만, 가시 때문에 근처에도 가지 않았다. 서울에 처음 왔을 때는 모든 사람이 경계의 대상이라고 여기고, 밤 가시처럼 신경을 곤두세웠다.

그러나 밤은 벗길수록 부드러워지고 맨 나중엔 일미가 그 속에 있다. 속살이 팍신하며 순하게 달고 고소한 맛이, 밤 특유의 완숙한 맛을 내어, 먹을수록 구미가 당기게 한다. 밤은 하트 모양 같고 또 사람의 심장같이도 생겼다.

사람도 마찬가지이다. 겉보기와 달리 겪어 볼수록 내면이 따뜻하고 고매한, 성숙한 인품의 소유자가 있다. 사귈수록 더 가까이 지내고 싶고 존경스럽고 부럽다. 나도 그런 사람이 되고 싶다.

며칠만 지나면 큰길 정류장 앞에, 군밤 장수의 차가 나타날 것이다. 아이나 어른이나 거의 다 좋아하는 밤이, 금년에는 가뭄 덕분에 벌레 먹은 것이 적고, 맛이 더 달다. 아들네 식구가 왔기에. 밭 근처 밤나무 아래서 주워온 밤을 풋콩과 함께 쪘다.

다섯 살배기 손자 녀석은 까서 손에 놓아주면 입에 넣고 콧노래가 나온다. 세 살배기 녀석은 밤을 반으로 갈라 작은 수저로 파서 떠먹이면, 제비 새끼처럼 잘도 받아먹는다. 먹으면서 눈웃음을 보낸다. 가을의 그림이 참 아름답다. 밤을 줍는 일은 가을을 담는 일이다. 자칫 허허로운 마음을 충만으로 채우는 일이다.

절반의 상봉

금강산 온정각휴게소, 35번 테이블에서 오빠를 기다리는데, 100여 명의 대원이 거의 다 입장해도 오빠는 보이지 않는다.

그때, 하얀 노신사 한 분이 들어오시는데, 얼굴은 몰라도 얼핏 보아 느낌이 "맞다 오빠다" 하고, 누가 먼저랄 것도 없이 달려갔다. 오빠는 두 손으로 우리 손을 붙잡으며, "울지마라 이 좋은 날 왜 울어" 하시며 우리를 테이블로 이끌어 좌석에 앉혔다. 테이블 주위에는 한복 입은 아가씨와 까만 정장 차림의 청년이 안내를 겸해서 항상 같이하고 있었다.

6·25 한국전쟁이 나기 전 맨 위로 두 오빠는 서울에 있었고, 전쟁이 나서 피난 다니면서 오빠들을 기다렸으나 끝내 오지 않았다. 어머니의 마른 한숨은 집을 태울만하였고, 시간만 나면 오빠들을 생각하며 눈물 흘리시는 모습을 내가 제일 많이 보았다. 죽음을 보지 않았으니 가슴에도 묻지 못하고, 혹시 이북에라도 살아있을지 모른다고, 통일을 애타게 기다리며 90세까지 사셨다.

금강산 온정각휴게소에서 만난 둘째 오빠

돌아가시고 8년, 전쟁 후 52년 만에, 금강산에서 우린 둘째 오빠를 만났다. 4차 상봉이지만 장소를 금강산으로 옮긴 것도 생방송 중계도 이번이 처음이다. 우리는 두 오빠가 같이 있는 줄 알았다. 그런데 오빠는 형이 남쪽에 있는 줄 알고 찾는 가족 명단에 큰오빠 이름도 나와 있었다.

실내는 통곡과 감격으로 아수라장이 되었고, 우리 테이블에서도 흥분과 울음과 온몸과 손과 발이 한꺼번에 활동사진 돌아가듯 움직이고. 앞뒤도 없는 많은 말을 했다.

그러나 왜? 그곳으로 가게 되었는지 어떻게 살았는지는 물어보지를 못했다. 그래야 할 것 같았다. 오빠는 듣던 대로 부드럽고 조용한 분이었다. 큰오빠는 두뇌와 인물이 빼어나고 지도력이 강한 반면,

둘째 오빠는 사려 깊고 따뜻한 성격이었다고 어머니는 말씀하셨다.

아버지, 어머니 소식을 물었다. 돌아가셨으면 언제가 기일이냐면서, 목으로 침을 삼키며 수첩을 꺼내어 날짜를 적으셨다. 아마 제사를 모실 요량인 것 같다.

해방 전 일제강점기 때 사제권총 만들어 쌀자루에 넣어 운반하다가 붙잡혀 구치소 살던 얘기, 해방 때 만세 부르던 일, 그때 암울한 시기에 젊은이들이 부르던 노래를 셋째 오빠와 함께 부르는데, 한 사람이 부르는 것처럼 음색이 같았다. 언제 저런 노래가 있었나, 우린 처음 듣는 노래였고 두 사람이 너무 잘 맞추어 불러서 신기했다.

나는 여동생에게 동요 "오빠 생각"을 부르자고 했다. 아버지는 술을 많이 드셨다. 거나하여 오시면, 내게 노래를 시켰다. 혼자 있을 때는 "오빠 생각"을 많이 불렀지만 다른 사람 앞에서, 특히 부모님 계신 데서는 한 번도 부르지 않았었다. 오늘은 부르자고 했다.

뜸북 뜸북 뜸북새 논에서 울고
뻐꾹 뻐꾹 뻐꾹새 숲에서 울제

우리 오빠 말 타고 서울 가시면
비단 구두 사가지고 오신다더니.

노래가 끝나고, "오신다더니, 오신다더니" 하고 몇 번을 곱씹었다. 오빠는 아무 말이 없다. 갑자기 내가, "오빠, 큰오빠 혹시 이북에 있나 찾아봐요" 했더니. 깜짝 놀라며 고개를 흔든다. "있으면 벌써 알게 되었지"라고 하시면서, 우리는 금강산에서도 한 번 만날 수 없는 큰오빠를 회상하며, 한동안 말이 없었다.

준비해간 앨범을 보여드리고 선물들을 전했다. 셋째 오빠는 달러, 넷째 오빠는 오빠 내외분 금반지, 나는 겨울 점퍼와 내의 등 옷가지, 남동생은 중국 돈, 여동생은 오빠 내외분 시계를 사드렸다. 주최 측에서는 한 사람분 선물이 800불이 넘지 말라고 했던 것 같다.

우리는 따로 좀 더 주고 싶어서 달러를 꼬깃꼬깃 접어 작은 까만 비닐봉지에 넣어 돌돌 말아 조그맣게 묶어갔다. 혹시 소리 내면 도청이라도 될까 봐, 오빠를 껴안으며 슬쩍 양쪽 주머니에 하나씩 넣었다. 옷 가방 준비할 때도 주머니들과 가방 여기저기 끼워넣기도 했지만 성격상 아무래도 다 털어 내놨을 것으로 생각된다. 가이드 말이 80%는 당국에서 가져가고 본인에게는 20%만 준다고 했다. 그러나 많으면 좀 낫지 않을까 해서였다.

둘째 오빠도 선물을 준비해왔다. 백두산에만 난다는 들쭉 쑥 술 2병과 담배 2보루를, 말짜리 만한 네모상자에 포장해 왔는데, 모든 대원의 것이 똑같았다.

오후에는 삼일포 호수로 장소를 옮겼다. 관동팔경이라는 경치였지만, 우린 관심도 없었고, 여기저기 높은 절벽에 북한 영도자들을 찬양하는 글씨가 많았다. 글자 하나가 아파트 한 동만 한 높이의 붉은 글씨로 "천출 김정일 장군"이라고 한글로 새겨놓았다. 하늘이 낸 장군이란 뜻일 게다. 나는 속으로 '천출'이라면 '천민賤民 소생'이라 해석할 수도 있는데, 왜 한문으로 하늘 천天을 쓰지 않고 한글로 했을까 하는 생각이 들었다.

정장한 남자들이 사이사이 항상 같이해서 그냥 사진만 많이 찍었다. 남동생이 카메라를 들고 찍는데, 갑자기 둘째 오빠가 "애, 하나, 둘, 셋하고 찍지 말고, 하나 둘 하고 찍고, 셋 해라" 하셨다. '셋'하면 눈을 깜빡일 수 있으니 둘, 하고 찍으라는 거다. 갑자기 남동생이 무릎을 '탁'치며 맞다, 맞다, 우리 형님 맞다 했다. 우리는 처음으로 크게 웃었다. 세밀하고 빈틈없는 것도 우리 형제 맞다는 거다.

헤어져 오는 날, 우리는 부둥켜안고 언제 또 만나느냐고 오열했다. 버스 창문으로 목을 내밀고 멀어질 때까지, "형님 건강하세요, 오빠 오래오래 통일이 될 때까지 건강히 지내세요" 하며 있는 힘을 다해 손을 흔들었다.

오는 길에 해변 초소들에는 보초병들이 눈썹 하나 까딱 않고 서 있다. 햇볕에 그을린 얼굴에 마른버짐이 피었고, 큰 테 모자와 누런

132

군복의 작은 몸집이 너무 가여웠다. 마침 오월이라, 내려다보이는 하얀 모래밭에 골 파고 심은 보리가 나오다 말다 했고. 가늘고 작은 키에 파리 몸통만한 이삭이 달린 것이, 이곳 주민들의 생활상을 말해주는 것 같았다.

붉은 민둥산과 홍수에 패인 골짜기들을 뒤로하고, 설봉호를 타고 푸른 바다를 가르다가 뒤돌아보니, '천출 김정일 장군'이란 붉은 글씨가 멀리서 더 잘 보인다. 많은 갈매기 떼가 배 주위를 맴돌며 축하공연을 하고, 감사하고 흥분되고 슬프고 얽히고설킨 감정이 뒤범벅되었는데, 멀리 속초항이 보인다.

갑자기 외국에 온 기분이다. 외국 어느 호화찬란한 항구도시에 입항하는 듯 했다. 불과 얼마 차이로 이렇게 달라지다니, 울룩불룩 살찐 산이 연초록 근육으로 덮이고, 윤기 있게 일렁이는 들판과 깨끗하고 번화한 도시를 보며 흐뭇하며 약간의 자부심과 안도감 같은 것이 서서히 밀려오는가 하면, 아직 시야에 남아있는 오빠의 얼굴과 흔들던 늙은 손 모습이 내내 떠나지 않아 눈언저리에 안개가 이슬로 변하고 목이 메어온다.

이제까지 말을 아끼던 여동생이 스르르 일어나 입을 연다. "대한민국 만세다, 적십자사 만세다, 적십자회비와 세금들 더 잘 낼 거다." 평소의 짓궂은 습관이 나왔다. 우린 그 와중에 한바탕 웃었다.

가슴이 마구 뛰는 벅찬 만남이었다. 52년 만에, 죽은 줄 만 알았던 형제를 만나 얼굴을 알게 되고 끌어안고 기뻐하며 울었다.

그러나 정말 알고 싶었던 것은 알지 못했다. 하고 싶었던 말도 하지 못했고. 듣고 싶었던 말도 듣지 못했다. 같이 지낼 때 일을 추억하고 공감하면서도 한 발자국도 더 나아가지 못했다. 못내 허전하고 아쉽고 안타까운, 절반의 상봉이었다.

왕숙천 오리가족

구들장보다 두껍던 냇물이, 차츰 세계지도가 되어간다. 마른 풀을 덮은 흰 눈 위로 갯버들이 추워 보이고, 키 큰 갈대꽃은 솜처럼 부풀어 사자 갈기 같이 흔들린다. 병정들이 달려올 때, 횃불 꼬리를 날리듯, 갈대꽃은 장대 위에서 한쪽으로 휘날린다.

왕숙천은 경기도 포천시 내촌면 신팔리 수원산에서 발원하여, 남양주시와 구리시를 가로지르고 한강에 합류한다. 조선 태조 이성계가 무학 대사와 한양으로 환궁하던 중에 지금의 남양주시 진접읍 팔야리에서 8일을 머물렀다 하여 팔야리라고 하고, 팔야리 앞의 하천을 왕이 자고 갔다 하여 왕숙천이라고 부른다.

나는 왕숙천이 지나는 남양주시 진접읍 내각리에 산다. 왕숙천변에 자전거도로와 운동기구가 생겨 반갑다. 언젠가 TV에서 왕숙천이 백로들의 서식지로 소개되면서, 우리 마을 사진이 나왔었는데, 요즘엔 백로는 거의 없고 오리들 세상이다.

춥지도 않은지, 눈 덮인 냇물 얼음 사이에서 헤엄을 신나게들 친다. 얼음 위에 맨발로 서 있거나, 앉아 있어도 달라붙지 않는다. 멀리서 보면 서리태를 쏟아 물 위에 동동 떠 있는 것 같고, 바위나 돌 위에 다슬기들이 다닥다닥 붙어있는 모습 같기도 하다.

위쪽 도로를 걸어 옆 동네 장현에 이르렀을 때, 오리떼는 아래로 다 내려갔는데, 한 마리가 물 건너 모래밭에서 부리로 제 몸을 쿡쿡 찔러대며 서 있다. 콕콕 털을 쪼다가 파드닥 온몸을 털기도 하면서.

왜 혼자 서 있을까? 왕따를 당했나? 동무들은 저 멀리 다 내려갔는데. 몸이 지저분해서 친구들이 따돌렸나? 왜 저리 몸을 씹으며 털고 있는 것일까, 해는 거의 기우는데 혼자 서 있는 오리가 걱정된다. 돌아오면서 뒤돌아봐도 여전히 웅크리고 몸만 쫀다. 이튿날 가보니 없었다.

오늘은 아랫마을 쪽으로 걸었다. 밤섬 앞 내 바닥은 돌들을 긁어모아 얕게 둑을 쌓고, 물이 넘쳐흐르도록 하여, 안쪽은 물이 깊고 잔잔한 편이다. 물 움직임이 적어 얼음이 그대로 있고 눈이 쌓여있다.

눈 위에 동물들의 발자국들이 찍혀있다. 강아지나 산짐승의 것으로 보이는 제법 큰 것, 큰 새와 작은 새의 발자국도 있다. 똑바로 걸어간 것, 이리저리 왔다 간 것, 뱅뱅 굽이를 돈 발자국들이 있다. 조금 위쪽으로 물비늘이 이는 곳에, 오리 대여섯 마리가 논다. 놀다가 제트기 마냥 물 위에 양쪽 날개를 그리며 위쪽으로 부드럽게 떠나간다.

큰 오리들은 잘 가는데, 몸집이 사분의 일 정도 되는 연갈색 새끼 하나가 뒤처진다. 어미는 챙기느라 가다가 쉬기를 반복하고, 새끼는 서둘지 않고 한눈을 팔며, 물밑에 들어가 먹이를 찾기도 하고 여유를 부린다. 어미는 달리다가 돌아오기를 거듭하며 가까스로 이끌고 위쪽으로 올라갔다.

아까 떠난 곳에, 새끼 한 마리가 또 나타났다. 어디에 있다가 이제 나왔을까? 어미를 따라가야 할 텐데, 걱정하는데, 아니나 다를까, 한참을 가던 어미가 큰 것 두 마리를 데리고 부지런히 내려온다. 아버지나 형들일 것이다. 그런데 새끼는 다시 물속으로 들어가고 없어졌다.

드디어 초등학교 교실바닥 청소할 때 엎드려 걸레를 밀듯, 세 마리가 나란히 이쪽에서 저쪽 끝까지 왕래한다. 약 15m 길이를 물 너비 끝까지 누빈다. 작은 동물들의 사랑과 지능이 치밀하고도 질서 있는 것에 새삼 놀랐다. 가운데는 누비고 가장자리는 구석구석 부리로 빈틈없이 뒤지더니, 부드럽고 높은 소리로 '왝왝' 부른다. 그러더니 어쩔 수 없이 두 마리는 물길 따라 올라간다.

어미는 혼자 남아 또다시 물밑과 밖을 촘촘히 뒤진다. 그때 12~13m 아래쪽 얼음 사이에서 새끼 하나가 올라온다. 아니, 저기까지 내려갔단 말이야? 동물이지만 얄미웠다. 조금 후에 아까 숨어버린 근처에서, 숨었던 그 녀석이 올라온다. 아래쪽 녀석은 다른 녀석이었다.

'왝왝' 어미가 부른다. 어미에게로 달려와야 하는데, 시큰둥하며 제할 일들만 한다. 잠수를 길게 하고 시간을 끌면서, 태평세월이다. 해는 서산에 기우는데.

갑자기 무슨 생각을 했는지 새끼를 두고, 어미가 물길 따라 올라간다. 달리다가 훨훨 날기도 하며 S자로 꺾어진 냇물을 따라 200~300m를 고속으로 달린다. 가족들이 생각보다 너무 멀다.

두려웠을까? 새끼들에게 화가 났을까? 어린 녀석들이 무사하니 안심하고 가는 것일까? 온갖 생각이 난다. 가족을 돌아보고 와서 새끼들을 데리고 갈 것인지, 혹여 밤에 회초리를 들고 혼내지는 않을까? 애간장이 녹아 어미가 화병은 나지 않을지….

사람들이 말하기를, 이 땅에서는 그 어떤 이유로도 끊을 수 없는 줄이 혈연관계라 한다. 죽어서도 서로 모여있는 가족묘지를 본다. 오리에게도 가족, 혈연, 자식이 무엇이길래, 저토록 애를 태우면서도 끊지 못하는 것일까? 어쩌면 오리도 요즘 녀석들이라 저렇게 말을 듣지 않는 것일까? 화가 치민다. 그런데 방금 엄마 오리의 모성이 생각난다.

겨울 왕숙천에는 산책로가 있고, 내가 배우는 학교가 있다.

한국-미국-독일서 모여든

유럽가족여행

기도하는 콩돌

백령도 바닷가에서 너를 본다. 서해 최북단 북방한계선이 있는 섬이다. 일기예보나 뉴스에서 듣던 땅, 여기서 너를 만나면 무언가를 알 수 있을 듯, 약간의 흥분도 일었다.

찰싹찰싹, 엷은 파도 아래서 몸을 닦는 넌 어디서 왔니, 황해도니, 몽금포 장산곶이니, 옹진반도니? 큰 산 바위에서 살을 가르는 아픔을 겪고 풍파에 밀려 여기까지 왔느냐. 뒷집 실향민 아저씨도 너처럼 넘어지며 다치면서 여기까지 오셨단다. 확 돌도 누름돌도 아닌 콩 돌이 되기까지 몸을 깎고 또 깎는 너는 조국의 현실이 안타까워 사리 같은 몸을 아예 가루로 만들 셈이더냐.

강낭콩, 작두콩, 동부도 섞인 너의 무더기는 해변을 두르고도 남아, 물밑까지 밀려들어 끝을 모르겠구나. 조개껍질, 해초 한 잎 없이 콩돌만 순전하구나. 껍질 벗은 팥일망정 흙은 아예 없구나. 어쩌다 섞인 큰 돌이라야 망고 같이 생겼고, 초콜릿을 입히지 않은 파이 한쪽처럼 둥글납작한 것은 얼굴 화장 때 두들기는 작은 분솔 같구나.

나는 산이 많은 남쪽 마을에 살았단다. 전쟁통에 잃었던 오빠를 50여 년 만에 금강산에서 꿈같이 상봉하였단다. 너는 황해도 어느 마을에 사시는 오빠를 보았느냐, 키 크고 말수가 적고 구십을 바라보는 하얀 노옹老翁이, 아직 살아계시더냐, 건강은 어떠시더냐. 음성도, 조백한 머릿결도, 나이 들어 피부에 생긴 검버섯까지 꼭 닮았더구나. 깨진 사금파리를 맞추듯 서로를 맞춰보며 늘 같이 지냈던 것처럼 순간에 익숙했지만, 다시 생살이 찢기는 아픔으로 헤어져서 10여 년이 또 지났단다.

천안함사건 때 보았느냐? 배는 두 동강 나고 저기 해당화보다 더 붉은 피를 물 위에 뿌리고 물속으로 사라져간 풋사과 같은 얼굴들을. 들려주려 마, 그들의 말을, 통일의 소원을 안고 사랑하는 엄마를 부르다 사라져 갈 때, 너도 파도도 얼싸안고 울었겠구나.

걸어보자. 아자자작아자자작 살가운 마찰 소리를 들으며 발바닥이 아프도록 걸어보자.

하고 싶은 말은 많은데, 들어줄 사람 없어 알알이 맺혀 몇 만 석이 쌓였구나. 맑은 날엔 좌르르 밀려오는 잔파도에, '찰싹찰싹 쏴아'하고 혼자 노래만 부르는구나. 물이 맑아 눈물이 나려 한다. 공기는 새것처럼, 햇볕은 포장지를 방금 벗긴 것 같구나. 깨끗해서 하늘과 땅이 하나 된 듯 먼지의 움직임도 소리가 날 것 같다.

닦아낸 너의 살점들은 어디에 두었느냐. 옳지, 사곶에 쌓였구나. 천만번 갈고 닦아서 곱디고운 너의 살점들이 사곶해변이 되었구나. 억 만개의 모래가루가 합쳐 도로처럼 단단해져 조국이 위급할 때 하늘을 나는 조종사의 앉을 길을 만들었구나. 유리알같이 맑은 물에서 오늘도 조국통일을 빌며 몸을 닦는 구도자여, 외로워도 슬퍼도 참고 칠흑 같은 밤에도 눈을 크게 뜨고 이곳 바다를 튼튼히 지켜다오.

통일이 되면 너도나도 달려와서, 오색 빛 너의 볼에 엎드려 입 맞추리라.

마일리지 여행처럼

제주도 마일리지 여행

좋아하는 것을 공으로 얻으면 기쁨은 배가된다. 마일리지 여행처럼.

이번 여행이 그랬다. 미국을 몇 번 다니면서 탑승거리 2만 마일이 되어 항공사 골드회원이 되었다. 기쁜 맘에 늦장가 간 아들 내외와 제주도관광을 갔다.

카운터 앞에 길게 줄을 서 있는데, 직원이 속히 와서 우리를 인도해 골드회원전용 카운터로 가서, 바로 접수를 해주었다. 부치는 짐과 기내 가방에 색동 띠를 묶어줬다. 탑승 때도 비즈니스 고객과 함께 먼저 탔다. 기내 좌석도 맨 앞자리였고 짐을 찾을 때도 우리 짐이 먼저 나왔다. 며느리는 "어머니, 골드회원 너무 좋아요"하며 함박웃음을 웃었다.

지난 5월에는 미국여행을 다녀왔다. 두 딸이 보고 싶고, 작은사위 치과대학 졸업식에도 참석하기 위해서다. 그땐 큰딸의 마일리지로 우리 부부 왕복항공권을 예매해줬다.

기내식사가 끝나자 등을 끄고 모두 잠을 청했다. 승무원들은 소리 없이 다니며 나머지 등을 꺼준다. 어둠 속에서 종이와 볼펜을 꺼냈다. 올해는 미국 갈 걱정과 준비할 일들 때문에, 소심한 나는 수필 한 편도 쓰지 못했다. 그 생각이 머리에 남아 나를 괴롭히며 미국 까지 따라온다.

무얼 써볼까 하는 내용은 없다. 이 순간의 느낌을 써본다. 글자가 될지, 글씨가 겹쳐지지 않을지, 무작정 생각나는 대로 써본다. 밝은 날 다 놔두고 이 좁고 깜깜한 곳에서, 뭘 하는 짓인지 웃음이 나온다. 옆 청년이 나를 이상하게 볼지 모른다.

보이지도 않는 종이에 뭘 끄적거리고 있는 걸까 하는 순간 '마일리지 여행'이란 제목이 떠오른다. '현재 비행상황' 화면이 뜬다. 검푸

147

른 태평양 위에 하얀 점선을 따라 장난감 비행기가 떠간다. 떠나온 거리는 아주 길어졌고, 가야 할 점선은 손톱만큼 남았다.

문득 여기가 공중이라는 사실을 잊은 듯 먹고, 마시고, 잠자고, 사랑하고, 영화를 보는 이 사람들이, 지구 위에서 한순간을 긴 세월인 듯 지내는 나와 무어가 다를까 싶다. 승무원은 공중의 이 항공기 안이 평생직장일지도 모른다. 그런데 이 비행시간도 나의 이 땅순례도 거의 끝날 시간이 된듯하다. 내릴 준비를 해야지….

LA공항이다. 입국심사를 받을 땐 난 항상 긴장한다. 어떤 줄로 갈까 생각하는데, 갑자기 확성기로 이○○, 임○○ 이름을 부르는 소리가 울려 퍼진다. 깜짝 놀라 손을 들었더니, 정장을 차려입은 항공사 한국인 청년이 달려와 안내하며, 일사천리로 입국절차를 도와준다. 눈이 동그래졌다. 70세 이상 된 노인이 보호자 없이 여행할 때, 받을 수 있는 '패밀리서비스'라고 했다. 딸이 신청했던 모양이다.

안내인과 동행하니 심사를 하던 백인이 훨씬 친절해졌다. 서툰 한국말로 "아녕하세요, 방가와요, 한국 조아요" 하며 귀염까지 피운다. 남편은 너무 좋았던지 백인 심사원에게 "한국에 관광 오라"고 농담을 하다 끌던 가방을 거기 두고 나왔다. 우릴 안내하던 직원이 "걱정 마세요, 제가 찾아드릴 테니" 하며 찾아줬다.

내 나이 칠십을 넘겼다. 인생길을 몇 만 마일이나 달렸을까. 마일리지가 쌓였으면 얼마나 쌓였을까. 평소에 덤이나 포상 같은 것을 별로 생각지 않는 성격이다. 복권을 사본 적도 경품을 위해 물품을 구매해본 적도 없다.

마일리지나 포인트 적립으로 받는 선물은, 받아야 할 권리가 있는 게 아니다. 값은 이미 물건을 살 때 받았고 이것은 덤이다. 그동안 많이 이용해줘서 고맙다는 사례이고, 앞으로도 많이 이용해 달라는 부탁의 뜻일 게다. 이러한 것은 삶에 윤활유와 같다. 돈을 주고 샀을 때보다 더 행복감을 준다.

내 삶의 마일리지로 얻은 것은 뭐가 있을까를 생각해 본다. 생활은 별로 달라진 게 없다. 그래도 옛사람에 비해 잘 먹고 편히 사는 것, 크게 건강하지는 않지만 특별한 병 없이 지내는 것, 자녀들이 열심히 살아주니 고맙고 다행한 일이다. 이렇게 미국여행도 마일리지를 이용해 다닐 수 있으니, 이 또한 작은 마일리지 중 하나다. 이번처럼 마일리지 여행에 가족 서비스까지 받으면 은혜 위에 은혜다.

무엇보다 칠십이 넘은 나이에 수필을 알게 된 것이 행운이요 영광이다. 부족한 글이지만 이런 수필이라도 쓸 수 있다는 것이 얼마나 다행인지, 체험의 글 수필은 마일리지가 많을수록 더 좋은 글이 나올지도 모른다.

훌쩍 커버린 자녀와 손자들을 보았을 때 놀라움을 느낀다. 사람의 출생과 성장이 인력만으로 가능치 않기 때문이다, 신의 가호 없인 어림도 없는 일이다. 자녀 손들이 어려운 환경에서 열심히 노력하며 살아갈 때 대견해 보일 때도 있다.

현대인들은 환경과 복지혜택이 좋아져서 백세시대를 바라본다. 운동경기에서 말하듯 전반전, 후반전, 연장전까지도 삶의 복을 누릴지 모른다. 이것들은 이 시대에 대한민국에 태어난 우리들의 마일리지라 할 수 있다.

마일리지 선물이 공으로 얻은 것이라 할지라도, 그냥 주어지는 것은 아니다. 열심과 성실로 쌓은 일정한 공적 위에 덤을 얹어주는 것이다.

여행에서나 인생에서나 '마일리지'는 무지갯빛 꿈을 준다.

육해공군

남편은 고등학교 교사였다. 기독교학교라서 예배일이면 교직원 가족이 다 학교교회에 나가야 했다.

남편은 여러 번의 차 사고를 내면서 별명이 육, 해, 공군이 되었다. 예배일에 가면 짓궂은 선생님들은 "사모님, 요즘 나오는 신차 참 좋아요. '오토'라 편하고 운전하기 쉬워요. 그것 사드리세요" 하며 농담을 했다.

남양주에 집을 샀으나 구옥舊屋이라 살기가 어려워 새로 짓기까지 의정부에 살았다. 남양주집에 볼일이 있어 운전해서 가던 중, 예나 지금이나 앉으면 졸리는 습관이 있어 본인도 모르게 졸았던 모양이다. 눈을 떠보니 아래가 왕숙천 푸른 냇물이었단다.

앗! 하는 순간 차는 뒤집히며 물에 빠져 문도 열지 못하는데, 같은 시간 운전하며 지나던 분들의 도움으로 겨우 구출되어 집으로 왔다. 웬일로 정장을 벗고 청바지에 청소년들이 입는 티셔츠 차림으로 들어오며 "오늘 죽을 뻔했다" 하였다. 차는 폐차했는데도 사람은 다행히 다친 데가 없었다.

두 번째도 역시 의정부 살 때였다. 출근하면서 대학에 다니는 딸을 태우고 가던 중이었다. 딸은 뒷좌석에서 어젯밤 끝내지 못한 숙제를 마무리 짓고 있었다. 남편은 좀 달리다가 급한 마음에 추월하고 싶어 핸들을 중앙선 쪽으로 돌렸는데 그때 상대편에서 차가 달려오는 것이 보였다. 갑자기 반대 방향으로 핸들을 틀었더니 이를 소화하지 못하고 차가 튀어 올라 공중에서 몇 바퀴 돌다가 저만치 논 가운데로 꽂혔단다.

역시 폐차했다. 그렇게 망가졌는데도 앞좌석에서는 아버지가, 뒷좌석에서는 딸이 엉금엉금 기어 나오더라는 목격자의 말이었다. 딸은 여기저기 흩어져있는 책과 가방 볼펜과 머리가 뜯겨 끼어있는 머리핀까지 주워 담고서 같은 방향으로 운전하던 다른 분의 도움으로 무사히 학교 강의실까지 갈 수 있었다. 남편은 집으로 와있는데 한 시간 수업이 끝난 딸에게서 전화가 왔다.

"아빠 괜찮아요? 다친 데 없어요?"
"응, 너는 어떠니? 아픈 데 없니?"
"예 괜찮아요."

그래도 후유증이 생길지 모르니 병원에 다녀오라고 해도 괜찮다고 하면서 끝냈다.

세 번째는 '슈마'라는 흰색 새 차였다. 하남시를 가다가 중앙분리대를 들이받고 폐차할 것 같다 하더니 거의 절반 이상 부품을 바꾸듯이 수리했다. 수선을 많이 하고도 예민한 사람이 운전하면 알아차린다. 차가 한쪽으로 굽게 달리는 기분이라 한다.

그렇게 여러 번 사고가 나고도 사람이 다치지 않은 것이 다행이고 신의 은총이라 생각했다. 처음에는 다행이라고 위로하던 분들이 이제 농담을 한다. "아무리 들이받아도 차가 망가졌지 사람은 끄떡없잖아요? 더 좋은 차로 사 드리세요" 한다. 나는 어색했지만, "예, 오늘 나온 신형으로 좋은 차 있으면 알아봐 주세요" 하며 응수했다.

원래 운동신경이 둔하기도 하지만 성격이 급해서 차에 타면 보는 사람이 불안하기 짝이 없다. 한 손으로 핸들을 잡고 한 손은 유리창을 닦고 운전 중에 옆문을 '쾅'하고 새로 닫기도 하고 뒷사람들과 대화하느라고 운전에 집중을 못 한다. 시동이 걸리면 팍 달리고 정지할 때는 덜컹하고 선다. 거의 매일 긁히고 빠지고 들이박고 백미러가 깨져서 바꾸는 등, 수리와 교체의 연속이었다.

차를 석 대나 샀지만 정작 가족이 타본 적도, 주행거리도 얼마 되지 않는다. 어쩌다 같이 타면 나는 아예 눈을 감고 옆 좌석에 앉으며, 죽으면 죽으리라 하면서 탄다. 내 몸은 차에 붙지 않고 차는 땅에 붙지 않고 달린다. 어째서인지 나와 같이 탔을 때는 사고가 나지 않았다.

세 번이나 큰 사고가 있고 한 달쯤 지나서다. 내 깐엔 참으려고 끝까지 노력했지만 순간 튀어나왔다. 너무도 편하게 콧노래를 부르며 누워서 책을 보고 있는데 들어가서 "그렇게도 편하고 행복해요? 차는 별로 타지도 못하고 보험료만 무지 많이 내고, 좀 타고라도 보험료를 냈으면 덜 아깝겠지만" 했더니, 어쩜 그렇게도 빠른 속도로 벌떡 일어나 앉으면서 "그럼 내가 사고 나서 콱 죽었으면 좋았겠냐"고 하며 화난 얼굴로 눈을 부릅뜬다.

어, 이건 아닌데…, 사고 낸 것보다 더한 분통이 터진다. 아니 그게 무슨 말이야? 사고 나도 사람이 무사하니 다행이라고 몇 번을 자위하고 있었잖아, 그렇다고 말 한마디도 안 듣겠다고? 그렇게 큰소리치게 잘한 것은 아니잖아? 하며 쏟아냈다. 너무도 어이없고 좌절감이 들었다. 울화가 하늘로 치솟는다.

세월이 흘러 운전에 손 뗀 지가 20년도 넘었다. 아직도 그의 허리춤에는 열쇠 꾸러미가 달려있고 그중에 키 큰 자동차열쇠가 끼워져 있다. 며느리가 조심스레 말을 건넨다.

154

"아버님, 연세가 팔순도 지나셨는데 앞으로 운전하실 일 있겠어요? 무겁고 힘드신데 열쇠를 빼는 것이 어떨까요."
"응? 응⋯."

자전거도 잘 못 타는 이가 운전면허를 취득하고 얼마나 좋았을까. 허리춤의 열쇠는 자랑과 자존감이었다. 아마도 열쇠를 빼고 싶지 않았을 것이다.

이齒 이야기

치과에서 깨진 이를 씌웠다. 아랫니와 윗니가 딱 부닥칠 때가 있다. 갑자기 딱 부닥치면 깜짝 놀라면서 잇몸에 충격이 오고, 씌운 것이 깨질 것만 같다.

다시 치과에서 치료를 받는다.

의사는 거즈를 아랫니와 윗니 사이에 대면서, "다물어보세요, 열어 보세요"를 수없이 반복하며, 거즈를 당겨보고 부딪치는 곳을 찾아 갈아서 요철을 맞춘다.

치료 의자에 누워서 생각한다.

이빨 하나를 치료하면서도 아랫니와 윗니가 이렇게 잘 맞지 않는데, 타고난 이는 어쩌면 그렇게 있는지 없는지도 모르게 잘 맞을까. 아랫니는 윗니에, 윗니는 아랫니에, 누가 먼저랄 것도 없이 잘 맞는다.

사람과 사람 사이에도 성격에 요철이 맞으면 문제가 없을 텐데. 치과에서 이를 고치듯, 인간관계가 잘 맞도록 고칠 수 있다면 얼마나 좋을까.

입안에는 이가 잘 씹도록 도와주는 혀도 있다. "입에 혀처럼"이란 속담이 있듯이, 혀는 이 사이에서 아주 민첩하다. 분업하면서 협업을 한다.

그러나 혀도 이에 깨물려 피가 날 때가 있다. 하물며 각기 다른 몸으로 태어난, 사람과 사람 사이일까 보냐?

人情과 秩序

가을 날씨는 온도계의 표시보다 항상 더 추었다. 전철을 타기까지 한 시간 정도 버스를 타야 하는데, 오늘은 시간이 늦은 데다 버스도 만원이다. 비집고 안으로 들어가 왼손에 가방을 들고 오른손으로 천장 손잡이를 잡고 서서 간다.

차가 흔들릴 때마다 앞뒤로 한 발짝씩 오가며 불안한 자세로 서서 앉은 사람을 둘러봐도 아무도 내릴 기색이 없다. 손잡이를 잡은 팔도 가방을 든 손목도 아파서 손을 몇 번 바꾸다가 할 수 없이 가방을 내 앞에 앉은 빨간 점퍼를 입은 아주머니 의자 등받이 위에 얹고 한 손은 앞사람 등 뒤에 있는 손잡이를 잡고 간다.

얼마를 지나는 동안 몇 사람이 내리더니 한 정거장을 더 지나 빨간 점퍼 아주머니가 내리려고 일어선다. 나는 '옳지 되었다' 하는데, 아주머니가 나보다 좀 더 멀리서 있는 다른 아주머니 손을 슬쩍 건드리며 "여기 앉으세요"라고 권한다.

158

나는 가방을 의자에 빨리 내려놓고 몸을 돌려 앉았다. "아니 저 아주머니가 먼저 앉았네, 아이고 감사해요. 앉은 거나 마찬가지예요" 하며 손을 잡고 인사들을 나눈다. 앉았던 아주머니는 내 쪽으로 눈도 주지 못하고 아래만 내려 보며 내린다. 두 사람이 아는 사이 같진 않았다.

나는 앉아서 생각했다. 가까이 있는 내가 앉는 게 당연한데 왜 그랬을까. 그렇다고 그분이 나보다 연로하지도 않았고, 몸이 불편하거나, 어깨에 멘 작은 가방 외에 짐도 없었고, 어린아이를 대동하지도 않았는데, 혹 내가 무례해 보였나, 자리 하나에 너무 집착하는 이기적인 사람으로 비쳤나, 내 인상이 나빴나….

우리 국민은 정情이 많은 민족이다. 마음이 따뜻하고 동정심이 많다. 모처럼 귀한 음식이라도 생기면 넉넉지 않아도 이웃에게 돌리거나 초청하여 나눠 먹는다.

아무 관계없는 사람끼리 싸운다면 약한 편을 동정한다. 평소에 가깝지 않은 사이라도 타 동네 사람과 경쟁이 생기면 우리 동네 사람을 응원한다. 길게 줄을 서서 순번을 기다리다가 아는 사람을 만나면 서슴없이 자기 앞자리에 끼워 세운다.

모르는 사람일 때는 적대적이고 이기적이다가도 조그만 인연이라도 있는 사람으로 밝혀지면 훨씬 누그러지고 인심이 후해진다. 특히 같은 아픔을 가진 사람을 만나면, 동병상련이 되어 자기 아픔처럼 아파하고 동정 베풀기를 아끼지 않는다.

반면, 준법, 질서, 원칙, 공의에는 약한 편이다. 정치, 경제는 물론 학계나 종교계에서조차 학연, 지연, 혈연끼리는 알뜰히 감싸고 챙긴다. 지역 간 계파 간 파벌이 심하고 자기편만 뭉치면서 갈등이 많아진다. 상대편에 대해서는 선입견이 앞서 시험해 보지도 않고 편견을 갖는다. 같은 계파임에도 불구하고 내부에서 분파가 갈릴 땐 근원이 달랐던 원래 적보다 더한 적이 되기도 한다.

인정과 사랑은 개인과 개인 사이에서 몸에 흐르는 피와 같다. 질서와 공의는 단체나 조직에서 뼈대와 같다. 단체나 개인 사이나 골격이 바로 서고 피가 잘 돌 때 좋은 목적을 이루며 영구적인 것이 될 것이다.

나는 스트레스에 약하다. 남들에겐 별것도 아닌 일도 나에겐 무거운 짐이 된다. 남이 내게 잘못해도 스트레스요, 내가 남에게 잘못해도 마음이 편치 않아 스트레스가 된다. 스트레스의 상한선은 높고 하한선이 낮아 편안할 면적이 좁다. 수양이 안 된 좁은 성격 탓일 게다.

그런데도 오늘은 별 자책이 없다. 버스는 대중교통수단이요 승객이 좌석을 개인 소유 인양 자기 맘에 드는 사람에게 양도할 수 있는 물건이 아닌 것이다. 내가 한 일에 대해 정당하고 합리적이라고 생각하며 버스에서 내렸다.

한국-미국-독일서 모인 유럽가족여행

여행은 구성원과 그 목적에 따라 이름을 붙일 수 있을 것이다. 이번 여행은 '유럽가족여행'이라 해야겠다.

독일 프랑크푸르트공항에 내려 아들가족이 사는 아파트에 들어갔다. 집구조가 한국 아파트와 별 다를 바 없었다. 거실과 주방, 방들, 욕실과 베란다가 다 한국과 비슷해서 낯설지가 않았다.

이튿날 같은 프랑크푸르트Frankfurt 안에 있는 괴테 생가였던 괴테기념관을 둘러보고, 손자가 다닌다는 김나지움gymnasium(독일의 인문계 중등교육기관)도 둘러봤다. 독일은 저희들이 사는 곳이라 늘 볼 수 있을 곳이라 생각했는지 많은 곳을 여행하지 않았다.

마을들의 집들은 거의 붉은 지붕과 흰 벽이었다. 들판을 달리다가 다시 마을이 나타나면 그렇게 빨간 지붕에 흰 벽의 집들을 평화롭게 늘여놓은 듯 깨끗한 마을들을 볼 수 있었다. 물론 외향만 봤을 뿐이다.

국경을 넘어 오스트리아로 갈 때는 밤중이었다. 도로에 외등도 없고 길도 넓지 않았다. 내심 놀라면서 무척 길이 멀고 밤이 깊어진 것 같아 마음이 조마조마했다. 처음 간 외국 길, 그것도 한밤중에 오로지 차의 전조등만을 비추며 매끄럽게 운전을 잘하는 아들이 대견하고 장해 보였다.

다 왔다고 내린 곳은 로퍼Lofer라는 조용한 소도시였다. 시냇물 소리가 들린다. 새벽이 된 줄 알았더니 아직 12시를 넘진 않았다.

우릴 기다리던 숙소 주인이 나와 짐을 받으며 "뒷마당으로 개울이 흐르고, 앞마당에서는 여름에도 눈 덮인 알프스가 보인다"면서 숙소를 홍보한다.

밝은 날 잘츠부르크Salzburg로 이동해서 모차르트의 생가를 구경하고, 영화 '사운드 오브 뮤직'의 촬영장소도 구경했다. 노래를 부르며 팔짝팔짝 뛰며 춤추던 영화가 생각난다.

알프스산을 오르기 위해서 할슈타트Hallstatt로 갔다. 아름답고 큰 호수에 작은 배들이 그림 같다. 주변의 나무들과 각색 건물들이 호수에 비친 모습이 조금 전 기념품 상점에서 감격하며 본 사진 바로 그곳이었다.

케이블카를 타니 이곳은 점점 멀어지고 또 다른 그림이 되는 꼭대기에 이르렀다. 호수가 나오도록 여러 포즈를 취하며 사진을 찍고 꼭대기로 향하는데 갑자기 싸늘하고 지척을 분간할 수 없게 하얀 안개에 싸인다.

다행히 차츰 안개가 밀려가서 산등성을 타고 저쪽 산으로 걷노라니 눈 아래 골짜기가 비경이다. 옆으로 쏠어버린 듯 나지막하게 자란 침엽수들과 빨강, 보라, 노랑…, 여러 색깔과 모양의 야생화도 관찰하면서 스마트폰에 담는다.

내려오는 길에 손자 남매가 길가에 하얀 돌들로 조그만 탑 모양을 쌓으며 무어라 한참 조아리더니 기분 좋게 내려온다. 무얼 했느냐 물었더니, 오빠랑 화해하고 앞으로 잘 지내기로 했단다. "너희 언제 사이가 나빴느냐"고 물었더니 "그건 아니지만…" 하면서 씩 웃는다.

주유소에서 급유하느라 좀 쉬는데, 맞은 편 동리가 너무 어여쁘다. 집들의 지붕이 쥐색, 갈색, 빨강, 혹은 진청색 등 다양하다. 그 지붕색에 따라 벽의 색은 연회색, 연분홍, 혹은 겨자색, 살색 등 조화가

165

참 잘된 배색들이었다. 창문의 배열과 모양도 다양하며 창틀 색까지도 예쁘게 배색되었다.

또 며칠이 지났다.

오늘은 프랑스로 가서 미국에서 온 딸네 가족을 만나는 날이다. 딸네 가족은 우리보다 며칠 일찍 와서 영국부터 시작해서 주위 나라를 차근차근 구경하고 여기서 우리와 만날 계획이다.

며느리는 점심에 한국인인 우리 입맛에 맞는 식당을 찾기가 어려우니 밥을 준비해가겠단다. 전날 숙소로 오는 도중에 마트에 내려 장을 봐온 것으로 아침 일찍 밥을 해서 싸고 샐러드 재료를 준비하고 밑반찬들과 과일을 씻어 야무지게 준비해갔다.

딸네 숙소 앞에서 만나는 포옹들은 감회가 색달랐다. 특히 아이들은 얼싸안고 깡충깡충 뛰고, 어른들은 함박웃음으로 해후했다. 준비해온 음식과 딸네에 있던 음식들을 합하여 푸짐하게 식사하고, 6명이던 가족이 11명이 되어 개선문으로 갔다.

나폴레옹이 전쟁승리를 기념하여 시도했다는 에투알 개선문Arc de Triomphe에 올라 내려다보니 사면팔방으로 12개의 도로가 빗살무늬처럼 파리 시내를 향해 퍼졌다가 다시 개선문으로 모인 것이 조직적이면서 하나 된 느낌이어서 인상적이었다.

그중 대표적인 거리 샹젤리제Champs-Elysees 거리 중앙에서 대가족이 노변식당 한 켠을 거의 차지하고 비싸다는 식사를 했는데 내 입맛엔 간식처럼 여겨졌다.

이번 여행이 7월 5일부터 22일까지인데 한가운데 14일이 운 좋게도 내 생일이다. 평생 또 오지 못할 이 아름다운 곳에서 대식구가 모여 어렵게 한韓식당을 찾았다.

오늘 식사는 미국서 온 딸네가 준비했고 주인공인 나는 생일축하 노래와 축복기도, 그리고 용돈과 선물들을 받았다. 감회가 새롭다. 속으로 자축하며, 같은 말 감사를 되뇌었다.

에펠탑Eiffel Tower을 향해 걷는데 햇볕이 너무 세다. 올해 대학에 들어간 외손자가 자기 선글라스를 벗어 할아버지께 씌워드린다. 평소에 거절하던 선글라스를 웃으며 받아쓴다. 탑에서 가까운 세느Seine강에서 보는 해질녘 금빛 에펠탑은 장관이었다.

한국과 미국과 독일서 온 가족이 프랑스에서 만나 세느강에서 유람선을 타니 황홀했다. 사촌끼리, 삼촌과 조카가, 조손이 서로 어우러져 평생에 잊지 못할 아름다운 추억이 될 순간을 보냈다.

다음날은 베르사유Versailles 궁전에 갔다.

프랑스에서 제일 마음을 정화되게 해준 곳은 궁전 정원이었다. 화
단의 꽃은 분홍색과 보라색도 조금 섞였지만 주로 흰색의 작은 꽃
들로 청순한 느낌을 주었다. 정원수는 막 이발소에서 나온 깨끗한
신사처럼 정돈된 머릿결을 하고 같은 크기와 모양으로 꼭 있을 자
리에 서 있었다.

드디어 계획이 많은 로마Rome에 도착했다. 로마는 그야말로 먼지
풀풀 날고 철대문 소리가 날 것 같았다. 거리는 지저분하고 노숙자
가 많고 새 건물 하나 보이지 않는 나라. 그러나 무시무시한 세도
가 아직도 느껴지는 듯했다.

모든 시내의 건물이 대부분 진분홍 굵은 벽돌로 이어졌고 건물과 건물 사이에 바늘구멍만 한 틈새도 없이 거리 끝까지 붙여지었다. 어떻게 그렇게 큰 건물 사이에 틈새도 없을까. 네모 긴 박스를 같은 높이로 틈도 없이 쌓아놓은 듯했다.

길바닥은 같은 크기의 네모 돌들이 아치형 등의 무늬를 그리며 박혀있었다. 이후에 만든 다른 길들보다 더 단단해 보이고 말발굽 소리가 들리는 듯 반질거리고 있었다. 과거의 세계를 주도하던 위력이 온 도시에 아직도 셀 수 없이 많이 남아 관광객이 몰려오니 그 수입으로 유지되는가 보다.

그 붉은 박스 정렬에 우리 숙소가 한 칸 끼어있었다. 크고 붉은 벽돌 높은 대문을 무겁게 밀고 숙소로 들어갈 때 쾨쾨한 냄새가 날 것 같았다.

그러나 막상 들어가니 계단도 넓고 큰 집으로 지어졌던 크기에 알맞게 최신 가구와 전자제품이 큼지막하게 설비되어 여행의 피로가 확 풀리는 듯 상쾌하게 5일간 잘 지낸 곳이다. 역시 큰 나라 큰 도시의 숙소라고 칭찬했다.

이탈리아의 수도 로마는 도시 전체가 대형 박물관이요 유적지들이었다. 대충 우리가 본 곳은 콜로세움(원형극장), 바티칸 교황청과 박물관, 성 베드로 성당, 카타콤베(순교자의 지하무덤), 신약 성경 열네 권의 저자 바울의 순교지(옥중 서신 발신지)이다.

좀 젊은 나이였다면 눈을 부릅뜨고 더 자세히 보며 배우려고 노력하였을 것이다. 가기 전부터 엄두를 못 낼 때 힘들면 숙소에서 그

냥 쉬기로 하고 갔었다.

그러나 기분이 좋으니 "예상보다 훨씬 건강하게 잘 다니신다"고 자녀들이 칭찬해줬다. 많이 힘들 때 한두 곳은 혼자 호텔에서 쉴 때도 있었다.

무엇보다 기쁜 것은 누가 시키지도 않았는데, 11살 손자가 넘쳐 밀려가는 인파 속을 비집고 왔다 갔다 하면서, 맨 앞에 가족과 맨 뒤의 가족을 쉬지 않고 챙기는 모습이었다.

갈수록 관광과 여행이 흔해지는 시대에 살지만, 80대 조부모와 10살인 손녀까지 각국에 흩어져있던 세 가족이 제3국에서 만나, 함께 손잡고 행복한 여행을 했다는 것에 셀 수 없는 값어치를 두고 싶다.

체 소쿠리에 걸린 양심

마트에서 플라스틱 소쿠리 두 개를 샀다. 깨 농사를 지으면서 수확 때와 일어 건질 때 깨알이 빠지지 않을 체 소쿠리가 필요해서다. 연둣빛 같은 색 일반 소쿠리와 체 소쿠리를 포개고 야채 두세 가지를 사오는 길이다.

횡단보도를 건너다 좀 이상한 생각이 들었다. 영수증을 꺼내 보니 소쿠리를 하나만 계산했다. 같은 색 같은 크기를 포갰으니 하나로 본 것이다. 위에 보이는 3900원짜리 일반 소쿠리와 야채를 합해 1만360원으로 계산하고, 밑에 포개진 체 소쿠리 값 1만1800원을 빠뜨린 것이다.

잠깐 주춤하다 다시 돌아갔다. 계산원 청년에게 "저 아까 계산해주셨죠? 여기 소쿠리 두 개가 포개진 것인데요…" 했더니 "아, 그래요? 아휴 감사합니다" 하며 다시 영수증을 끊어주고 나는 돈을 내었다.

청년은 "잠깐 거기 좀 계세요" 하며 달려가더니 사례품으로 티슈 두 곽을 갖다 소쿠리에 담아준 뒤에도 연신 "감사합니다. 고맙습니다" 하며 꾸벅꾸벅 인사를 한다. 나는 "그게 그리 감사한 일인가" 하는 생각이 들었다. 그러면서도 기분이 나쁘진 않았다.

언젠가 다른 마트에서도 비슷한 일이 있었다. 그때도 계산원의 실수로 물건값을 적게 받고 거스름돈을 많이 내줬다. 집에 왔다가 더 받은 거스름돈을 가지고 다시 갔더니, 계산원이 의아하게 쳐다보며 어정쩡하게 돈을 받는다.

그 모습을 보면서 기분이 좀 별로였다. 내가 뭘 잘못했나, 무안하게. 칭찬을 못 받아서가 아니고 그냥 기분 좋게 받으면 될 텐데 왜 그럴까 싶었다.

횡단보도를 걷노라면 신호등이 바뀌기를 기다리다, 정지신호일 때도 건널 때가 있다. 지나는 차도 없고 마음은 바쁘고 해서 신호를 무시하고 잘 건넌다. 그러다 어린이가 신호등이 바뀌기를 기다리며 끝까지 서 있는 것을 볼라치면 참 무안하다.

그래서 대부분 신호를 잘 지키려고 노력하는데, 어떤 땐 모두가 건너고 나만 끝까지 서 있을 때도 있다. 신호등이 바뀌지도 않고 오랫동안 서 있으려면 어쩐지 내가 좀 어리석어 보일 때가 있다.

어디까지일까?

교과서나 스승과 부모님께 배울 때는 규칙을 끝까지 지켜야 한다
고 배웠다. 그러나 현실은 그렇게 할 필요가 있나 싶을 때가 있다.

적당한 선이 어디일까?

끝까지 지키려면 도리어 지나친 사람, 까다로운 사람, 피곤한 사람
으로 여겨질 때가 있다. 차라리 끝까지 원칙에 충실하라면 쉬울 텐
데, 나의 아둔함 때문일까?

소쿠리값을 되돌려주지 않았다면 내 마음이 불편하고 짜증이 났
을 것이다. 양심이 촘촘한 체 소쿠리에 걸린 것이다.

특별히 후원한 것도 아니고 내 것 손해 본 일도 아닌데 마트 직원
은 고맙다고 여러 번 절을 한다. 준법을 생활하는 데는 정직함도
문제지만, 다른 사람을 의식하지 않는 용기도 필요하다.

한 뼘 남은 고향집

고향 교회에 행사가 있어 자랄 때 다니던 교인들이 모였다. 나와 남동생도 갔다. 합숙을 하고, 상쾌한 시골 공기에 아침 일찍 마당에 나오니, 동생이 차를 타라고 손짓한다. 옛날 우리 집이 있던 안마을에 가보자고 했다.

초등학교 정문 길을 직행하여, 정문에서 오른쪽으로 돌아 미동(미륵골)으로 들어가서, 예전 우리 집이 있을 것 같은 골목으로 들어갔다.

분명 우리 골목으로 들어왔는데 그 골목이 아니다. 길도 바뀌고 집들이 밭으로 변하고 드문드문 낯선 집들만 서 있다. 울긋불긋한 지붕들과 지은 지 얼마 안 되는 현대식 멋진 건물도 섞여있다.

"누나, 우리 집이 어디쯤일까 찾아봐요. 새로 지었으니 그 집은 없고, 우리 집터에 지은 집이 어느 것일까요."

차를 천천히 몰면서 다시 학교 쪽으로 갔다가 빙빙 돌아오며, 앞산과 대숲의 위치와 동리로 흐르는 개울에서의 거리를 볼 때, 아무래도 계속 눈이 머무는 집이 있다. 이집 같은데….

마침 그 집에서 중년 남자가 나온다. 동생이 차문을 열고 내리면서 말했다. "○○아 나야, 오! 반갑다." 동생과 악수를 하는 그는 한동네 살다가 우리 집을 인수한 집의 아들이었다. "우리 누나가 옛날 집이 그립다고 해서 찾아왔어."

설레는 마음으로 그 집에 들어섰다. 그러나 실망한다. 이미 새로 지은 지도 50년이 넘었고, 집을 가꾸지도 않은 것 같다.

우리 집은 네 칸짜리 초가집이었는데, 아무리 둘러봐도 옛집 흔적은 하나도 없다. 여덟 그루의 감나무와 호두, 석류, 앵두, 살구나무들도 없고, 돌확도, 우물펌프도 없이 집이 앉은 방향도 달라졌다. 아래채의 자리에 본채를 앉히고 가운데 마당을 두고, 본채와 헛간 자리에 디근자형으로 마주 보게 아래채를 앉혔다. 아래채 뒤에 마늘밭에는 지금도 마늘이 자라고 있었다.

176

마늘잎을 만지며 어쩔 수 없이 돌아서려 하는데, 그때 본채와 아래채 사이에 뒤란이 보인다. 거기 뒷담이 있었다.

오! 오! 뒷담이 있네, 우리 뒷담.

T자이던 담이 한쪽은 없어지고 ㄱ자로 2~3m만 남아있다. 담 모서리에는 그때 어리던 석류나무가 고목이 되어 서 있다. 석류나무 앞에는 장독대가 그대로 사용되고.

나는 달려가서 두 손으로 석류가지를 아래서 위로 쓰다듬으며 안아주었다. 그 곁엔 키 큰 돌감나무도 있었는데 아마도 늙어서 베어버렸나 보다.

돌담은 우리 집과 옆집과 뒷집 사이의 경계였다. 담을 기준으로 차츰 돌아가며 그때의 지형과 내가 살던 집의 모형을 상상해본다.

두어 발 되는 돌담이 아니었으면 우리 집의 위치와 진위眞僞를 알 수 없었을 것을. 늙은 소처럼 엎드린 채 증인처럼 긴 세월에도 기다리며 있었구나, 고맙고도 애잔하다. 사랑스러워 돌담에 얼굴을 부비며 입맞춤을 했다.

장독대 위에 떨어져 깨진 홍시가 볕에 마르는 단 냄새가 나고, 장독에서는 햇볕에 간장 쪼는 냄새가 나는 것 같다. 귀에 익은 식구들의 말소리가 들리고, 장독 조심하라 시던 어머님의 음성이 들리는 듯하다.

한시름 섭섭한 마음이 조금은 위로받으며 기뻐진 채 담을 쓰다듬으며 눈물을 글썽인다. 돌아 나오는데 또다시 올 것 같지 않아 발이 떨어지지 않는다.

나와 두 동생까지 결혼하자 어머니는 집을 팔고, 유일하게 고향에 남아있는 넷째 오빠와 합가했다. 가끔 고향에 가도 어머니가 계시는 오빠 집에만 들를 뿐 옛날 집은 가보지 못했다. 그도 그럴 것이 읍내에 사는 셋째 오빠네 큰조카가 어릴 적 자주 왔던 할머니집이 궁금해서 찾아갔다가, 실망하고 돌아왔다는 말을 들었기 때문이다.

조카들이 할머니 집에 다니러 오면 냇가에 나가서 고기도 잡고, 암탉이 꼬꼬댁하며 둥지에서 내려오면 달걀을 서로 꺼내려 경쟁도 했었다. 팔 남매가 자라던 마당 넓은 집에서 오빠 셋이, 강변에서 모래를 담아다가 마당에 깔고 왁자지껄 씨름도 했었다. 내가 어릴 때는 아버지께서 마당 단감나무에 작은 그네를 매어주셨고, 동무들과 나는 그네를 타며 놀았다. 그리운 그 집은 어디로 갔을까?

고향이 무엇일까. 향수는 왜 그리 세월이 지나도 없어지지 않을까.

꿈속에서도 찾아다니는 뇌리에 남아있는 그리운 형상들, 나만 아는 그 그림이 눈에 선한데, 세상 어디를 가봐도 그곳은 없다. 그 그림은 생명이 있는 날까지 내 속에서 없어지지 않을 것이다. 기억 속에 옛 모습을 왜 그리도 못 잊고 그리워하는 것일까.

아마도 그것은, 우리의 첫 선조께서 첫 삶의 터를 잃었을 때 언젠가는 돌아가리라고 울면서 떠나오던 그 향수가 유전되어 내려오기 때문이 아닐까.

나의 요람

겨울밤은 숲속처럼 깊었다. 해가 짧아 이른 저녁을 먹으면, 그 긴 밤은 우리들의 시간이었다. 전등 하나를 천장에 매달고 온 가족이 한방에 모여서 아버지와 오빠들의 이야기는 끝이 없었다.

이산가족 상봉 이후 남측 가족끼리 찾은 고향

평소엔 엄하시나 이때는 친구 같은 아버지였다. 오빠는 주로 시조나 수필, 도덕책과 세계역사에 나오는 위인들 이야기를 했고, 아버지는 중국이나 우리나라의 고전에 나오는 충효 이야기며, 영웅담, 사자성어四字成語, 격언을 말씀하셨다.

어떤 땐 수학 문제, 수수께끼 등 내용은 경계가 없다. 얼음이 쩡쩡 어는 한겨울밤에도 열기가 넘쳐서 문을 활짝 열어놓을 때도 있었다.

밤중까지 놀다 보면 출출해진다. 찐 고구마와 동치미, 날 고구마를 깎아 먹거나 가을에 저장해둔 감이 홍시 아이스크림이 된 것을 꺼내다 먹으면서, 마냥 흐뭇하던 그 얼굴들은 즐거움의 극치였다.

"배우고 때로 익히면 기쁘지 아니한가(學而時習之 不亦說乎)"라는 논어의 말은 후일에 배웠지만, 그때 이미 체험하고 있었다.

분가한 오빠들이 조카들을 데리고 왔을 때도, 시조 외우기를 가르쳤다. "이화에 월백하고" 하면 아이가 따라 하고, "은한이 삼경인제"라고 이행을 따라 하게 한다. 세 번째는 아이가 첫 행을 따라 했을 때 내가 다시 첫 행을 하면 아이는 "은한이 삼경인제"라고 다음 행으로 앞서 나간다. 수십 편 외기는 쉽고도 재미있었다.

어느 날은 아버지와 셋째 오빠가 "아독무와부득의我獨無蛙不得意"라는 얘기를 주고 받으셨다.

조선 선조 때의 이야긴데, 선조께서 평복차림으로 밤에 잠행을 나가셨다. 어느 가난한 선비의 집에서 들려오는 책 읽는 소리에 끌려 주인장을 찾아 집에 들어가셨다. 임금님은 선비에게 "학문이 이렇게 깊은데 왜 벼슬길에 오르지 않았느냐"고 물었다.

선비는 벽의 액자에 "아독무와부득의"라고 적힌 글을 가리키며 그

뜻을 이야기해줬다.

동물나라에서 뜸부기와 까마귀가 노래시합을 하였단다. 자신이 없는 까마귀는 고민하다가 두루미 재판관에게 개구리를 잡아다 뇌물로 바쳤다. 그렇게 해서 까마귀가 상을 받았다는 얘기다.

선비는 임금을 쳐다보며 "나는 개구리가 없소이다"라며 그 뜻을 해석해줬다. 큰 깨달음을 얻은 선조는 과거 날짜를 정하고, "아독무와부득의"를 시험의 명제로 내어 선비가 장원급제하였다는 흥미진진한 이야기였다.

어머니는 평소에 소설을 많이 읽으셨다. 춘향전春香傳, 조웅전趙雄傳, 구운몽九雲夢 등 수십 권의 내용을 어떤 땐 편하게 얘기로 해주셨다.

기름 먹인 한지를 두 겹으로 접어 묶어 만든 책에, 내려쓴 옛날 한글은 모음 'ㅏ'를 자음 밑에다 점(ㆍ)을 찍어 표시하고, '아' 발음으로 읽으셨다. 노래 부르듯이 음률을 넣어, 특히 춘향전은 제일 많이 읽어 거의 외우셨다.

어머니의 외는 것을 듣고 나도 많이 외워졌다. 큰이모님이 서울서 오시면 동네 아주머니들이 방문차 모여 놀 때 어머니에게 춘향전을 읽으라고 권했다. 춘향이가 변학도에게 수청 들지 않는다고 매를 맞을 때, 즉석 구술한 '십장가十杖歌'는 유명한 대목이다.

"하나 맞고 하는 말이 일一자로 아뢰리다. 일편단심一片丹心 춘향이가, 일종지심一從之心 먹은 마음, 일부종사一夫從事 하렸더니….'" '일'자로 엮어지는 문장이었고, "둘을 맞고 하는 말은 이二자로 아뢰리다…." 하면서 '이'자로 이어지는 문장들이다.

열 대의 매를 맞기까지 춘향이의 뛰어난 문장력과 당돌하리만치 이몽룡에게만 향한 일편단심에 감탄도 했다. 드디어 이몽룡이 과거에 합격하여 어사로 출두했을 때의 그 통쾌함에는 청중이 일제히 함성과 박수를 보냈다.

어른들의 시간에 나는 어린 청강생이었지만, 그 기분과 말뜻은 거의 알 것 같았다. 그때처럼 재미있고 흥분되고 즐거웠던 일도 살면서 별로 없다. 칠순이 넘어 수필에 취미를 갖게 된 연유는 아마도 어릴 적 그 밤시간 덕분이었나 싶다.

남동생은 어릴 때 자기 친구가 우리 대화방에 참석했다가 돌아가면서 한 말을 지금도 기억하고 있다. "우린 모이면 돈 얘기를 하고 어쩌면 돈을 벌어 부자가 될까를 얘기하는데, 너의 집은 항상 철학 얘기만 한다"면서 웃었다고 했다.

칭찬인지 흉인지 모를 말이지만, 우린 그때 약간의 자랑으로 여겼던 것 같다. 나이 먹을수록 그 말이 교훈으로 남는다고 했다.

얼마나 고가의 교훈인가? 지금도 대소사에 가족이 모이면 철학이니 옳음이니, 가치를 따지며 여전히 목소리가 높다.

어머니 추도일로 가족들이 모였다. 남동생은 자녀와 조카들에게 이런 권면을 했다.

"고난은 참지 말고 탈피하라. (성질은 참지만, 고난은 벗어나라). 먹고 살기 위한 기능을 한 가지 이상 꼭 갖추라.(직업교육) 어릴 때는 고전을 많이 읽어라"고 했다. 우린 어릴 때 돈에 대한 교육을 받지 못했는데, 지금껏 살아보니 모든 것이 돈과 연관되어야 능력으로서 가치 매김을 한다는 것이다.

어리석게도 늦은 나이에 알게 됐다며, 너희는 젊으니 이제부터라도 꼭 명심하라는 것이다. 돈이 있어야 좋은 일과 목표한 뜻도 이루며, 심지어 교회의 일과 선교도 할 수 있다고 했다. 세상에 돈 없이 될 일이 몇 가지나 있느냐며 체험에서 우러난 진한 토로를 한다. 어느 정도 목표한 경지에 이르면 그때는 보람된 선행도 하라면서, "내가 잘사는 것 자체가 좋은 일"이라고 했다.

책 읽던 음성이 고우신 어머니를 그리며 가족들을 만날 기쁨에, 성의껏 준비해온 음식들을 차려놓으니 여느 뷔페 못지않다.

수저가 오가며 시작된 얘기들은 조금 전 권면을 듣기나 했나 싶다. 어느새 같은 얘기들이다. 아직도 철이 덜 든 나는 수필을 배우니 너무 즐겁다며 한목소리 거든다.

요람에서 배우고 길들여진 즐거움이 어딜 가겠는가? 식사보다 더 맛있어서 그 방을 들썩이게 하던 얘기들이 오늘은 아파트를 들썩인다.

내가 신앙을 하는 이유

보자기 안에는 선물이

아담의 노동과 하와의 출산을, 나는 죄의 형벌*이라 생각했다. 그런데 요즘 들어 그 일이 나에게 새로운 깨달음으로 다가온다.

시골서 자란 나는 텃밭 가꾸기를 좋아한다. 이사 가는 곳마다 밭을 만들고 야채와 작물을 심는다. 이곳에 와서도 뒷산을 개간하고 밭을 일궜다. 날마다 자라는 것을 보기 위해, 하루에 두 번씩도 가본다. 비가 오면 우산을 쓰고 가서 쓸려나갔거나 부러졌으면, 조심스럽게 일으켜 세워 지주에 묶어준다.

물같이 연하고 실같이 가는 뿌리가 굵어져서 큼직한 고구마나 무가 되고, 가지, 토마토, 오이, 참외 같은 과채들도 자기 모양으로 자라서 제 색깔을 내며 익어갈 때, 보람과 재미는 말로 할 수가 없다. 씨앗과 거름을 사는 돈도 만만치 않고, 험한 행색과 피곤함도 불사한다.

나는 또 여자의 해산하는 고통을 생각해본다. 나도 그중 한 사람이다.

만일 나에게 해산의 고통이 없었다면 자녀가 없었을 것이고, 그렇다면 지금쯤 어떻게 살고 있을까. 나에겐 오직 자녀만이 희망이었고, 재산이었고, 삶의 목적이었다.

문득 생각하니 이 일이 왜 형벌이냐? 선물이지. 노동이나 자녀나 참으로 귀중한 보물이고 삶을 이어주는 끈인데. 사람이 형벌이라고 받은 것이 알고 보니 다 선물이었다. 하나님은 벌을 주되, 사람을 행복하게 하는 선물을 주셨다.

요즈음 실업 문제와 저출산 문제는 가정을 넘어 국가적으로도 큰 문제로 대두된다. 특히 청년실업은 만혼이나 결혼 기피 현상을 낳고, 그로 인해 저출산과 무자녀가 되면서, 국가나 가정이 위기에 이르고 있다. 그것은 또다시 젊은 노동력이 감소되는 악순환으로 이어진다.

하나님은 이런 현상을 미리 보셨을까?

시대를 초월하는 두 가지 처방을 에덴에서 주셨다. 출산과 노동은 인류가 존재하는 한 필요한 지침이다.

적당한 노동은 몸을 혹사하는 가혹한 행위가 아니고 신성한 일이다. 따로 운동이 필요 없고, 생산과 소득뿐 아니라 심신의 건강과 성취의 보람을 주는, 삶의 행복이다.

우리는 주위에서 힘들게 일하다가 은퇴한 어른들을 본다. 너무 힘들 땐 빨리 은퇴했으면 했는데, 힘들어도 일할 때가 좋았다며 노는 것이 일하기보다 훨씬 힘들다고 하소연들이다. 세월이 지나면서 농사 이외도 다양한 직업과 노동이 생겼다.

성경에 보면 아담은 하나님을 불순종하고도 천년에 가까운 930세를 살았다. 이렇게 긴 평생을 일도 자녀도 없이, 죄의 결과로 죽음만 기다리며 살았다면, 절망과 슬픔과 회한으로 삶이 얼마나 고통스러웠을까.

긴 날 두 사람이 얼굴만 바라보고 지냈다면, 우스운 말이지만 부부싸움은 또 얼마나 했을까? "네 탓이야, 너 때문이야! 여자 말 들어서 되는 게 없다니까"라고 아담이 말하면 하와는 가만히 있었을까, "그래, 자식도 없는데 헤어지자" 하면서 최초의 이혼 가정이 되었을지도 모른다.

한번 유혹에 넘어갔는데 또 빠지지 말라는 법도 없고. 벌거숭이 망둥이처럼 뛰어다니다 자포자기하며 영원히 하나님에게서 떨어져 나갈까 봐, 자식을 하와의 품에 안겨 주셨다.

아기를 낳고서는 희망이 생겼을 것이다. 후손을 통해 주시겠다고 한 구세주를 바라며, 얼마나 기뻐하였을까. 여자가 자식이 있으면 결국 가정을 지키게 되고, 가장家長은 열심히 일하게 된다.

하나님은 성경이나, 자연계나, 가정을 통해서도, 인류와 자신과의 관계를 알리시는 게 목적이시다. 나는 자녀를 기르면서 하나님의 심정을 유추해 본다.

"체험보다 더 큰 교육이 어디 있느냐? 네가 자식을 낳아 기르면서 내 마음을 알아다오. 자식이 아무리 큰 잘못을 저질러도 버릴 수 없고, 너무나 속을 썩여 머리에서 털어내 버리려고 고개를 흔들어도 어느새 네 머릿속에 들어와 있는 것이 자식이 아니더냐. 그렇듯 나의 자식인 네가, 내 머릿속에 항상 그렇게 있노라. 자식이 죽을 죄를 짓고 죽게 되었을 때, 네가 대신 죽어서 살릴 수만 있다면 넌 자식이 죽는 것을 그냥 보고 있겠느냐? 자식인 네가 죽는 것을 차마 볼 수 없어서 내가 내려와 대신 십자가를 졌노라, 네 머릿속에서 자녀를 잊을 수 없고 끊을 수 없듯이, 내가 너를 포기할 수 없고 끊을 수 없는 이 마음을, 체험으로 알아 달라" 하시며, 자식을 형벌이라며 가슴에 안겨 주셨다. 일과 자녀는 삶의 이유이며 끈이다.

형벌의 보자기 안에는 선물이 들어 있었다. 하나님의 형벌은 사랑이었다.

*성경 창세기 3장 16~17절 : "여자에게 이르시되 내가 네게 임신하는 고통을 크게 더하리니 네가 수고하고 자식을 낳을 것이며… 아담에게 이르시되… 내가 네게 먹지 말라한 나무의 실과를 먹었은즉… 너는 네 평생에 수고하여야 그 소산을 먹으리라."

'만나'가 내리다

길에서 밭으로 올라가다 보면, 첫 번째 밭에 복숭아나무가 서 있다. 과감하게 전정을 하고 가지를 벌려 땅으로 잡아맨 나지막한 나무엔 내 주먹 두 개를 합친 크기의 복숭아가 드문드문 열려있다.

더운 날 한 개를 얻어먹은 적이 있다. 코끝이 향긋하고 사르르 과즙이 입안에서 녹을 때 환상적인 그 맛을 표현할 말이 없었다. 과연 그 맛이 어디서 왔을까? 갑자기 궁금해진다. 어떻게, 무엇으로 이렇게 만들 수 있을까? 이 못난 나무가 무슨 능력으로 이런 일을 할 수 있단 말인가?

이 복숭아는 지난해나 봄까지도 세상에 없었다. 지난겨울 시커멓고 딱딱한 가지 표피는 죽은 가지를 방불케 했다. 봄이 되자 뿌리에서 수액이 올라오며 황홀한 연분홍 꽃이 피었다.

검고 딱딱한 데서 이렇게 얇고 화사한 꽃잎이 나온 것도 놀라운 일이거니와, 거기서 녹두 알 같던 열매가 자라서 단물 많고 향긋한

194

복숭아로 세상에 출하되는 것은 기적이 아닐 수 없다. 경험하지 못한 어린아이에게 그것을 말하면 믿을 수 있을까? 사람들은 여러 해를 지나면서 보아왔으므로 당연하게 받아들인다.

2018년 여름은 기상청 이래 처음 더위라 했다. 그해는 심한 더위와 가뭄에도 서른 통 이상의 수박과 참외를 수확했다. 지난 2021년에도 그와 비슷하게 열렸다. 시중의 상품처럼 아주 크진 않지만, 밭에서 바로 딴 것이라 달고 신선했다. 참외를 심은 쪽은 참외 상자를 쏟아 놓은 듯, 한편 밭이 노랗게 물들었다. 식구가 적고 다른 과일도 있으니 수박 두 통이면 한 주일 분량이 충분했다.

많이 나올 때는 매주 수박이 서너 통 나올 때가 있다. 그런 기간은 길지 않지만, 그럴 땐 나눠 먹게 된다. 수박 한 통과 참외 대여섯 개를 같이 담아서 더위에 지친 어른들, 환자, 이웃, 친지들께 갖다 드리면 아주 좋아하신다. 돈을 주고 산 상품이 아닌 것에 더 친근감을 느끼는듯했다.

사실 과채가 잘되고 많은 것 같아도 남에게 드릴 수 있을 정도의 상품은 많지 않다. 2등급이라 할 수 있는 우리가 먹을 것은 많은 데 나눠드릴 정도의 좋은 것은 그렇다. 그래서 가까운 사이에는 좀 못한 것도 드릴 때가 있다. 나눠 먹는 재미가 키우는 재미보다 더 훈훈하고 마음이 넉넉해서 좋았다.

성경을 읽으면, 이스라엘 나라의 역사가 나온다. 종살이하던 애굽에서 탈출하여 가나안 땅에 도착하기 전, 광야에서 40년을 지낸 기간에, 매일 아침 하늘에서 '만나'라는 양식이 내렸다. 꿀 섞은 과자같이 맛있고 하얀 알갱인데 햇볕이 나면 스러진다 했다. 어떻게 농사도 짓지 않고 만나를 바로 내려 날마다 그 많은 사람을 먹여 살릴 수 있었을까? 나는 처음엔 믿을 수가 없었다.

그러나 지금은, 과학이 발달하여 시설을 설치하고 식물이 필요한 모든 여건을 충분히 공급하면서 예전보다 속성재배로 키워내는 것을 본다. 심지어 하우스를 설치하여 열대지방의 과일도 키워낸다. 2~3개월이 지나면 사람이 만들 수 없는 고귀한 향내를 발산하는 과일이 우리 입으로 들어온다.

혹여 사람들은, '만나'는 매일 아침 나가서 그냥 거두기만 하면 됐는데, 농산물은 사람이 여러 날 노동하여 만들어낸 것이라고 생각할 수도 있을 것이다. 현재 지구상의 인구가 80억에 가깝다는데, 한해 먹을 양식이 얼마나 될까? 한 해만 농작물을 생산하지 못한다면 지구인들은 어떻게 살 수 있을까.

사람은 평생 먹을 양식을 쌓아 놓고 태어나지 않는다. 해마다 생산해서 먹고산다. 이 많은 인구를 위하여 조물주는 생명이 살아가기에 필요한 요소를 자연 속에 미리 만들어놓으셨다. 두세 달 걸려서 키워낼 작물이면 자연과 생명을 주관하시는 분이 한순간이라고 만들지 못하실까.

농사를 짓지 못할 상황이 오거나 꼭 필요한 때라면, 식량을 그냥 내려 주실 수도 있을 것이다. 음식을 만들 상황이 못 되면 바로 먹을 수 있는 음식이나 과일을 내려 주실 수도 있을 것이다. 우리가 먹고사는 곡식이나 과일 채소가, 곧 만나가 아니고 무엇이랴? 해마다 계절마다 날마다 밭에서 자연에서 지구인들을 먹이기 위한 '만나'는 지금도 내리고 있다. (성경 출애굽기 16장 참조) 나는 오늘도 만나를 먹고 산다.

나의 초상화
– 우주인 임순자

사는 것이 힘들 때 남동생이 집에 왔다. 동생과 나는 대화가 잘 통한다. 오랜만에 이런저런 유쾌한 말과 걱정의 말들이 오고가다가, 헤어질 무렵 동생에게 "그래도 나 돈 벌고 싶은 생각은 없어" 했다. 얼마나 어이가 없었을까?

몇 년 후, 나를 아끼는 1년 선배 언니가 "너 돈 벌어 볼래, 이러이러한 일이 있는데"라고 한다. 나는 또 "나 돈 같은 것 생각 안 해 봤어" 했다. 언니는 황당한 얼굴로 나를 쳐다보며 "조금 더 살아 봐라, 돈이 최고다" 했다.

정말 살아보니 돈이 최고였다. 그러나 아직도 돈 벌려고 생각도 안 해 봤고 벌 줄도 몰라서 지금도 어렵게 살고 있다. 그래선지 내 걱정을 하는 사람들 중에는 안타까운 얼굴로 나를 보며 "발을 땅에 딛고 살아야지" 하는 분들이 더러 있었다.

나는 오늘도 나이 70이 넘어 수필교실을 찾고 있다.

나는 발을 땅에 딛지 않고 항상 먼데 만 바라보고 살고 있다. 내 마음은 가끔 우주를 날아다닌다. 나는 지구인인 동시에 우주인이다. 우주인은 우주선을 타야 날 수 있다. 나는 날개도 없다. 그러나 꿈은 이뤄진다. 끝내는 참 우주인이 될 것이라 믿는다.

등단하던 날

수필문우들과 백령도 방문

선택

며느리가 첫아기를 가졌을 때, 미국 원정출산을 권하는 사람들이
있었다. 한국 사람이지만 미국에서 아이를 낳으면 아이는 미국시
민이 된다. 마음에 내키지 않았는지 시도하지 않았다.

가끔 그 길을 선택하는 사람들도 있다. 이기적인지, 지혜로운 것인
지, 엄마의 선택에 따라 아이는 미국시민이 되기도 하고 한국국적을
갖기도 한다. 현실적으로 영향이 있기에 그 길을 선택하는 것 같다.

선택의 반대말은 무엇일까. 운명, 숙명, 속어로 '팔자'라는 말이 이
에 해당될 것 같다. 사람의 의지나 노력으로 변경할 수 없는 것들,
즉 부모, 모국, 성별, 선천적인 신체조건 등일 것이다.

선택에는 큰 것과 작은 것이 있다. 교육, 직업, 결혼, 종교, 이사나
이민 등 생애에 굵직한 일들은 인생의 방향을 좌우할 만큼 영향이
크다. 작은 것에는 주로 그날의 일과들이 있다. 시장이나 백화점,
교회나 친목계 중 어느 곳에 갈 것인가. 시장에 가면 한정된 액수

에서 무엇은 사고 무엇은 배제할 것인가도 가려야 한다.

큰 선에서 방향을 잡고 순간순간 작은 선택을 하는 것이 일생의 삶이다. 어떤 모양 어느 정도까지도 정해야 한다. 대충할 것인가. 전심으로 할 것인가. 모든 일을 대충해도 안 되고 매사에 전력을 바칠 수도 없다. 어떻게 얼마만큼도 선택해야 한다.

이렇게 일생은 늘 선택의 길이었다. 사람에 따라 가치관이 다르지만 잘 살았다고 느낄 수 있는 결과도 내가 한 선택에서 얻어진다. 반면 가슴을 치며 후회할 일도 내가 택한 길이었다. 가슴을 치고 후회를 해도 이미 지나간 일의 결과는 내가 짊어져야 했다.

나는 바로 살았는가? 일생에 마지막이 가깝다는 느낌이 들면, 이렇게 살고 가는 것이 맞는 것일까? 정말 이것이 끝인가? 라는 의문도 생긴다. 광대무변한 이 우주에서 다른 방법, 다른 세계는 없는가?

나는 종교를 가진 사람으로서 눈을 감을 때의 선택에 따라 사후세계가 결정된다고 믿는다. 지구에 잠깐 살다가 가는 사람들이시여, 더 잃을 것도 없는데, 한번 더듬어보고 발버둥이라도 쳐야 하지 않겠는가? 한 번의 기회로 주어진 삶인데, 천추의 후회가 되지 않아야 하지 않겠는가. 지구에 사는 사람은 죽는 것이고 그렇게 마지막 열차를 탄다. 마지막 선택이 가장 중요한 것은 다시는 선택의 기회가 없기 때문이다.

호박 열매

텃밭이 좋아서 의정부 송산으로 이사를 했다. 집에 딸린 대지 300 평에 날마다 심고 싶은 것들을 심기 시작했다. 옥수수와 감자, 열무, 상치와 토마토, 가지, 오이 모종 등, 20여 종을 심다 보니, 가장 심고 싶은 호박은 심지도 않은 채 빈 땅이 없어졌다.

호박은 밭 가운데 심으면 다른 작물을 뒤덮기 때문에, 변두리에 심어야 하는데 마땅한 곳이 없다. 그때 위 밭과의 경계에 늙은 배나무 한 그루가 서 있는 것이 보였다. 위 밭은 이 동네토박이 신씨 아주머니네 밭이다.

밭에서 나온 돌들을 모아 배나무 주위를 둘러, 담처럼 쌓아올린 밑에 우리 쪽으로 두 구덩이를 팠다. 넝쿨이 자라면 배나무에 올릴 작정에서 콧노래가 나온다.

3~4일이 지나니 호박 싹이 씨앗 껍질을 머리에 이고, 굵고 힘차게 올라온다. 두꺼운 떡잎과 오동통한 줄기가 백일 된 아기 엉덩이 같다.

그런데 며칠 후에 안 일인데, 위 밭 아주머니도 배나무 그쪽 둘레로 호박을 심어 싹이 올라온다. "아뿔싸! 이 일을 어쩐담."

호박은 성장력이 강한 넝쿨식물이라 한데 어우러지면, 뒤죽박죽될 텐데 어떻게 우리 것을 알아서 따먹지? 우리 호박순을 이쪽으로 이끌어 어울리지 못하게 해볼까.

나는 이제 이사 간 터에, 텃밭 가장자리까지 너무 욕심을 낸 것 같아서, 위 밭 아주머니가 오면 미안했다. 반발쯤 자란 넝쿨을 우리 쪽으로 당겨 놓으면서, 기어들어가는 목소리로 말했다.

"호박 심을 데가 마땅치 않아서 아주머니가 그쪽에 심은 줄 모르고 이곳에 심었는데, 우린 호박 많이 안 먹으니 열리면 누구 것이든 상관 말고 따 드세요"라고 했다. 다음에 가보면 호박순은 저 가고 싶은 대로 다시 가서 어우러져 있다.

드디어 암꽃이 맺혔다. 하루에도 몇 번씩을 가서 보다가, 어느 날 열매가 두 종류인 것을 알게 됐다. 눈이 번쩍 띄었다. 암꽃에 달린 씨방이 콩알처럼 동글동글한 것과 보리수처럼 갸름한 것이 어리지만 모양이 확실히 달랐다.

야호! 됐다, 이제 됐어, 걱정할 필요가 없다.

뛸 듯이 기뻤다. 콩알 모양은 맷돌 호박의 어린것이고 보리수 모양
은 애호박으로 많이 먹는 동이 호박의 어린것이다. 나는 애호박을
좋아해서 갸름한 호박을 심었고 아주머니는 늙은 호박을 딸 셈으
로 맷돌 호박을 심은 것이다.

순간에 염려가 풀렸다. 미련한 나에게 식물은 진리를 말해줬다.

아무리 얽히고 뒤범벅이 되어 있어도 열매는 다른 나무에 열리지
않는다. 식물은 각각 자기 열매를 맺는다. 처음엔 뿌리에서 번번이
추적해서 우리 것을 따야 하나 별 별걱정을 다 했는데, 열매는 명
쾌한 해답을 주었다.

열매를 보면 주인을 알 수 있다는 것을.
(마태복음 12장 33절)

맞춤형 구원

밤 10시가 넘었는데 아들에게서 전화가 왔다. 갑자기 가슴에서 '펑'소리가 나고 통증이 심하게 와서, 병원엘 가야겠으니 아이들을 맡아 달란다. 차에서부터 자는 애들을 방에다 재우고, 두근거리는 가슴을 누르며 기도를 수없이 했다.

○○대학병원에 도착했다며 며느리에게서 전화가 왔다. 이날이 10월 10일 주말이고 한글날 연휴라서, 의사들이 휴가 중인데 다행히 당직의가 흉부외과 전문의여서 거의 믿을만한 진찰이 나왔다고 했다. '대동맥박리'라는 듣기도 쉽지 않던 병명이다.

나는 인터넷으로 대동맥박리가 무엇인지 알아보고 기절할 뻔했다. 할 수 있는 일이란 기도밖에 없다. 하나님을 붙들고 가슴과 방바닥을 긁어댔다. 심혈관센터 과장님과 외출 중인 수술의들을 연락하여 새벽 5시부터 수술대에 오르고 6시에 집도가 시작됐다.

국내외 가족들과 친척, 교우들에게 사방 기도를 요청하는 전화를 보냈다. 창조주의 능력과 구속주의 사랑으로 꼭 살려만 달라고 수없이 간구하며 마치 채주가 채무자에게 하듯 막무가내로 떼를 썼다. 10시간의 수술을 마치고 담당의는 위급한 상황이었지만 수술은 잘 되었다고 했다. 이튿날 12시에 중환자실에서 첫 면회를 할 수 있었다.

수술과 회복 때까지는 살려만 달라고 매달렸다. 이젠 수술이 잘 되었다는 데도 안심이 안 된다. 몇 년 전부터 체중이 늘며 간수치가 높다는 말은 들었지만, 마흔넷의 젊은 나이에 이건 마른하늘에 날벼락이다.

다음날 의사가 들려준 말은 선천적으로 판막에 이상이 있었다고 했다. 판막이 3엽이 아니고 2엽인 것 같다고 했다. 가족력에도 없던 일인데 왜일까,

아마도 내 탓인 것만 같다. 아들을 가졌을 때 형편이 어려워서 저렴한 음식만 선택했고 스트레스의 연속이었다. 그때마다 뱃속 아이가 정상 아이로 태어날까 걱정도 되었었다. 그래서일까? 그러나 오늘까지 잘 자라 왔는데….

밭엘 가서 무 배추를 봐도 아들이 없으면 누구와 먹겠다고 기르나 싶다. 마늘은 뭣 하러 심을까, 아무 의미 없는 일 같았다.

문갑 위에 '광릉숲 문화축제' 순서지가 놓여있다. 해마다 가을에 꼭 한 번 주말에 등산길을 열어주고 갖가지 문화체험을 하는 행사였다. 건강하시라고 3년 연속 우리를 동석시켰다. 노래하며 걷던 등산길과 버섯요리 점심식사하던 일을 떠올리며 눈물을 삼켰다. 내년에도 갈 수 있을까.

한번 놀란 마음 쉽게 풀리지 않는다. 금방 또 무슨 일이 생길 것 같고 불안하기 짝이 없다. 완전하게 한평생을 살아갈지, 살아있어도 온전한 것 같지가 않다. 앞으로 평생 약을 먹으며 주의하며 살아야 한다니 이 일을 어떻게 잘할 수 있을지 가슴은 아직도 두 방망이질이다.

저녁을 먹다가 병원으로 달려갔다. 평소에 아들 손 한번 잡아보지도 못하는 성격인데 두 손으로 아들 손을 붙잡고 기도를 했다.

"하나님, 왜 하필 심장이었습니까. 예수님이 십자가에서 운명하실 때 생물학적인 사인은 심장파열이라 들었습니다. 당신의 독생자를 우리를 대신해 죽게 하신 그 고통을, 왜 제 아들에게 체험하게 하셨나요? 의사들이 말하기를 사람이 느끼는 고통 중에 가장 심한 고통이라 했습니다. 부족한 제 아들에게, 적으나마 감히 예수님의 고통을 맛보게 하심은, 그만큼 제 아들을 사랑하십니까. 기어이 붙잡고 구원코자 하심입니까. 하나님의 구원은 맞춤형이고 개별적이고, 세상에 단 한 사람만 있듯이 첨예하시군요."

"맞춤형 사랑은 어미 된 나에게도 엄중한 기별이었습니다. 생명이 위태로운 아들을 보는 내 마음은 차라리 제가 당하는 편이 나았습니다."

"너는 십자가를 바라보는 내 맘을 이해할 수 있겠더냐"라는 하나님의 말씀이 내 마음에 들렸다.

눈을 뜨고 아들에게 말하였다.

"잘 만들어진 소중한 물건이 많이 있어도 주인을 옳게 만나 요긴하게 쓰여야 가치 있는 물건이 되듯이 너의 구원이 그렇다. 주님의 죽음은 만백성을 위한 것이지만, 너만을 위해 만들어진 것처럼 감사하고 확신하며 네게 적용하여라. 네 몸에 맞추고 이름이 새겨진 네 옷처럼 그렇게 입으려무나."

"몸을 생각하면 안타깝지만, 원래 사람은 죽을 수밖에 없는 불량한 몸이 아니더냐. 창조주의 능력으로 상했던 곳을 재생성해 주시고, 구속주의 사랑으로 부족했던 네 심신을 강건케 회복하셔서 출생 때 갖고 난 삶을 다 누리며, 영원한 생명을 붙잡으려무나. 우리의 체질을 아시며 머리카락도 세시는 분께서, 너와 나의 이름을 손바닥에 새기시고, 개별적으로 사랑하시고 맞춤형으로 구속하시니, 너 또한 맞춤형 응답자가 되려무나. 나의 아들아."

내가 信仰을 하는 이유

연예인 중에 '의리義理'라는 말을 자주 쓰는 이가 있다. 웃기려고 하는 것 같기도 하지만 볼수록 요즘 보기 드문 그분의 가치관이 존경스러울 때가 있다. 도리, 의리, 본분이니 하는 것은 사람만이 할 수 있는 수준 있는 정신세계에서 나오는 말들이기 때문이다.

나는 중학교 다닐 때부터 기독교를 신봉하게 됐다. 처음에는 재미로 다니다가 조금 후엔 교훈이 정말 이치에 맞아 열심을 냈다. 나중에는 이것은 사람의 본분이라는 생각에 이르렀다.

신앙에 대해서는 사람마다 다른 의견이 있을 수 있다. 필요와 불필요, 어떤 종류의 신앙, 정도의 차이가 그것이다. 그러나 사람은 알게 모르게 마음 깊은 곳에는 신을 인정하고 특별한 때는 순간적이나마 신을 찾게 될 때가 있다.

나는 청소년 때 한 주일에 하루를 성일聖日로 구별하며 철저히 지켰다. 심지어 오빠가 우체국에 들러 편지를 부치고 교회 가라는 것도 사사로운 일이라고 거절하다가 크게 혼난 적이 있다. 직장을 갖기도 힘들거니와 결혼도 같은 신조를 가진 자와 해야겠으므로 그렇지 않을 때는 현실적으로 조건이 좀 더 나아 보여도 거절했다.

그럴 때면 주위 사람들은 "신앙도 적당히 해야지" 하며 안타까워하셨다. 신앙은 정신수양을 위하고 외롭거나 힘들 때 의지하는 맘을 얻을 정도로 적당히 해야 한다고 말했다. 그럴 때마다 나는 '그것까지면 그것이 무슨 신앙일까. 정말 절대자에 대한 신념과 신뢰와 가치가 내 영혼을 지배할 수 있어야 한다'고 생각했다. 어릴 때 친구들을 만나면 "너 지금도 교회 다니냐"고 묻는다. 고개를 끄덕이면 "아직도"라고 말한다.

대자연과 우주를 볼 때도 마음에서 우러나는 깨달음을 얻을 때가 있다. 분명 우주 만물을 주장하는 유일신 하나님이 있다고 생각하기에 이른 것이다. 아니면 아닌 근거를 댈 수가 없다. 안 보이면 없는 것이고 모르면 아니라고 생각하면 크게 역행하는 것이 된다.

"전능자가 있다, 그 주관자가 다스린다" 하면 모든 것이 맞아 들어간다. 아버지 위에 할아버지가 있었다는 것을 얼마든지 알 수 있듯이 보이는 것을 통하여 보지 못하는 것을 유추할 수 있는 것이다. 하루살이가 사람 세계를 이해하지 못한다고 부정할 수 없듯이 보이지 않는 우주 세계나 사시사철의 변화나 천체의 운행을 통해 절대자의 존재와 역할을 믿을 수밖에 없었다.

그러므로 내가 신앙을 하는 것은 천국에 가기 위해서나, 복 받고 잘 살기 위해서만 하는 것은 아니다. 하나님은 우주 만물과 나의 첫 선조를 지으셨고 그 선조로부터 생명을 이어받은 내 부모가 나를 낳아 길러주셨으니 후손으로서 마땅히 예를 갖추며 경배하는 것이라 할 수 있다.

신앙을 철저히 하려면 현실에서 어려움을 겪을 때도 많다. 손해를 볼 때도 있고, 곤란을 겪거나 심지어 따돌림을 당할 때도 있다. 직장을 구하기도 어렵고, 직장생활에서도 더 많이 참아야 할 때가 있다.

이러한 불편이 있다고 해도 우리가 선조와 부모를 외면하거나 소원히 지낼 수는 없다. 왜냐하면 나를 세상에 태어나게 했고 누구보다 나를 사랑하는 그분은 나의 조상이요 부모이기 때문이다. 그러한 부모를 모신 사람으로서 스스로 좀 더 봉사와 협동적인 사람이 되도록 노력해야 할 것이다.

나를 사랑하는 부모처럼 그분은 많은 것을 요구하지도 않으신다. 내가 너를 지었으며 사랑하니 너도 나를 믿고 신뢰하라, 사람이 죽지 않고 영원히 살길이 있으니 내 말을 믿고 따르라고 하신다. 사랑으로 이 큰 계획에 동참하셨고 가장 큰 희생을 하시며 그 소식을

전하러 내려오신 아들 예수를 믿으면 된다고 하셨다.

떨어져 있어도 기도로 대화하며, 은혜와 사랑을 찬양하며 기다리다가 영원히 함께 살고자 하는 것이다. 나는 하나님과 그 아들을 신뢰하며 순종하고자 한다. 이것은 사람으로서 첫 번째 의리요 도리요 의무라 생각한다. 내가 신앙을 하는 이유는 사람으로서 본분을 지키는 일이라고 생각하기 때문이다.